Detlev Meyer
Das Sonnenkind

Detlev Meyer

# Das Sonnenkind

Roman

Aufbau-Verlag

Dieses Buch wurde gefördert
von der Stiftung Preußische Seehandlung.

ISBN 3-351-02900-4

1. Auflage 2001

Einbandgestaltung Andreas Heilmann, Hamburg
Druck und Binden Clausen & Bosse, Leck
Printed in Germany

www.aufbau-verlag.de

Meinen Eltern

Daran hegt der Junge keinen Zweifel: Eines Tages, wenn er erwachsen ist, wird er alles wissen, was man wissen muß. Wie viele Berge es auf der Erde gibt, wie hoch die sind und wie sie heißen; die Länge der Flüsse, und wo sie entspringen; die Hauptstädte aller Länder und alle Länder wird er nennen können; die Präsidenten und Bundeskanzler; Oma zur Freude die Könige und Kaiser und für Papa, wer in Bern die Tore geschossen und wann Toni Turek Geburtstag hat. Die Bücher in Opas Bibliothek, wer sie geschrieben hat, welche Titel sie haben und was drin steht, das wird er sich alles merken. Schon jetzt ist es höchst erstaunlich, was er alles weiß und wie schön er redet für sein Alter. Das sagt die Großmutter, das sagen die Eltern, das gibt – ungern – selbst der große Bruder zu, und im ganzen Truseweg ist bekannt, daß Scholzes Jüngster ein kleines Genie ist. Das hat Frau Dallmann gesagt, die Gattin des Generalagenten für Spirituosen, oder wie Großvater es formuliert, die Frau vom Schnapsvertreter.

Letztens geht der Junge mit seinem Großvater, Max Wollin, spazieren, da treffen sie in der Innstraße beim Tabakladen Frau Dallmann. Den Großvater begrüßt sie mit den Worten: O, da kommt ja unser Grandseigneur! Mit solchen Huldigungen hinlänglich vertraut, enthält sich Max Wollin jeglicher Kommentierung der Dallmannschen Schmeichelei, jeglichen Dankes; er setzt nur sein gewinnendes Lächeln auf und sagt mit der Routine des alten Charmeurs: Welch eine Augenweide! Meine liebe Frau Dallmann, ich grüße Sie auf das herzlichste!

Der Junge ärgert sich, daß Großvater ihn unerwähnt läßt, drum sagt er laut und deutlich, einen Diener vorführend und ganz artig blickend: Ich grüße Sie auch, meine liebe Frau Dallmann, auf das allerherzlichste!

Die schlägt, fast erschrocken, die Hände vor der Brust zusammen und sagt, nein, ruft: Dieses Kind, dieses Wunderkind!

Der Junge ist es zufrieden: Sowohl ein Wunderkind, als auch – gleichzeitig! – ein kleines Genie zu sein dürfte äußerst selten vorkommen, derartige Kinder wird man nicht oft finden, und wenn, dann gewiß nicht in Berlin. Er hört nicht weiter zu, was die beiden bereden, er kennt das: Großvater macht seine Scherzchen, die Frauen lachen hell auf, erröten mitunter, legen ihre Hand auf Großvaters Oberarm, wispern ihm kleine Gewagtheiten ins Ohr, geraten gar in kokettes Backfischkichern. Das mag der Junge überhaupt nicht. Die sollen nicht so blöde kichern, das sind keine kleinen Mädchen mehr, dafür sind die viel zu alt. Kichern die!

Warum macht Opa das? fragt sich Carsten. Und da er ein heller Kopf ist, kommt er blitzschnell auf die Antwort: Opa macht das, damit die Frauen auch ihm schöne Sachen sagen, die man übrigens Komplimente nennt.

Herr Wollin, heißt es allenthalben, sei ein Gentleman, ein Mann von Welt, ein Kavalier, der letzte Kavalier, einer der alten Schule, ein Charmeur, ein Bonvivant und, seit neuestem, ein Grandseigneur.

Man überlege sich, all diese Wörter hat sich das Kind merken können, versteht, was sie bedeuten, spricht sie richtig aus. Grandseigneur, den Neuerwerb für seine Wörterschatzkammer, läßt er sich erklären. Das bedeutet großer Herr, sagt Wollin.

So wie Herr Funke? fragt der Junge. Immerhin mißt der Hauswart, auf einem Hoffest wurde das unter Zeugen genau überprüft, einen Meter neunzig und ist damit der größte Mann im Truseweg.

Nein, sagt Max Wollin, Herr Funke ist nicht groß, Herr Funke ist lang.

Aber du bist groß, Opa?

Nun, wenn Frau Dallmann das sagt, wird's wohl stimmen.

Und groß? Groß ist was?

Schwierig, äußerst schwierig, das einem Kind zu erklären. Groß ist ... besonders, ist ... bedeutend.

Du bist besonders und bedeutend, Opa?

Wenn Frau Dallmann das sagt. Nein, Scherz beiseite, erzähl bloß nicht deinem Vater, daß ich mich als groß und bedeutend bezeichnet habe. Der denkt doch sowieso, daß ich langsam verkalke. Das behältst du für dich, Carsten!

Was, Opa? Carstens Aufmerksamkeit fesseln zwei Ameisen, die einen kleinen Zweig zu transportieren versuchen.

Gott, Junge, das, worüber wir gerade reden!

Ach so.

Versprochen?

Versprochen, Opa!

Abends berichtet der Junge seinem Vater, kaum daß der die Wohnung betreten hat, was Opa nun auch noch ist: Grandseigneur. Vater schüttelt den Kopf: Wo hast du denn das wieder aufgeschnappt? Habt ihr Frau Dallmann getroffen?

Mensch, Papa, das sollte die Überraschung sein, du solltest doch raten, wen wir getroffen haben.

Georg Scholze nimmt den Jungen in den Arm und sagt: Und Grandseigneur hast du dir wieder gleich gemerkt, wie ich dich kenne.

Klar, Papa, das mach ich ja immer.

Vor einiger Zeit hatte die Großmutter im Kreise ihrer Damen, schlichtere Seelen würden sagen: beim Kaffeeklatsch, durchblicken lassen, ihr Max sei in seinen frühen Jahren ein Filou gewesen. Jeder wisse das, und vor dem Kind wolle sie das nicht näher ausführen. Wieder erstattete Carsten umgehend Bericht: Opa war früher ein Filou, Papa.

PG war er auch ... früher, dein feiner Herr Großvater, sagt Georg Scholze, aber darüber wird im Hause Wollin ungern gesprochen.

Eine Erklärung dieses komischen Wortes folgt nicht. Der Vater sagt, so etwas könne ein kleiner Junge noch nicht verstehen. Und im übrigen möge Carsten das für sich behalten. Kein Wort über PG. Versprochen?

Ich schwöre, Papa!

Mein Gott, denkt der Junge abends im Bett, was man sich alles merken muß. Grandseigneur darf man sagen, PG darf man nicht sagen. Hoffentlich bringe ich das nicht durcheinander. Quatsch, sagt er laut, ich doch nicht! Andere Kinder vielleicht.

Und dann denkt er noch, daß er schon wieder mehr weiß als gestern. Vielleicht muß er gar nicht warten, bis er erwachsen ist, vielleicht weiß er schon als großer Junge alles. Die Städte und Länder, die Flüsse und die Präsidenten.

Es wäre ein leichtes gewesen herauszufinden, ob die Großmutter der 1890 geborenen Else Gellert, verheiratete Wollin, tatsächlich eine Comtesse von Veltheim war. Schließlich hätte man nicht zeit- und geldaufwendige genealogische Exkursionen unternehmen müssen, die zu klären in der Lage gewesen wären, ob das Haus Greifenclau zum Beispiel erstmals im 11. Jahrhundert und nicht erst im darauffolgenden urkundlich erwähnt worden war.

Nein, im Falle Gellert/Veltheim hätte man nur zwei, drei Einwohnermeldeämter aufsuchen müssen, um eindeutig zu klären: Else ist tatsächlich eine Veltheim, der allein wegen des leichtfertigen Naturells ihrer Großmutter der schöne Titel und der nicht minder schöne Besitz versagt geblieben waren. Natürlich gibt es in Else Gellerts Geschichte einen feschen Gutsverwalter mit keckem Bärtchen und feurigen Augen – ein Hallodri –, der die zur Leidenschaft entfachte Comtesse umgarnt und schließlich besessen hatte, im Heu, wie das so üblich war, in einer jener schwülen Sommernächte, die selbst die verknöchertsten Junker und keuschesten Stiftsdamen das Blut in den Adern spüren ließen. Niemand machte also dem aufblühenden Comteßchen den Vorwurf, bewußt und willentlich gegen ihren Stand und dessen Konventionen verstoßen zu haben. Sie war nur einer übermächtigen Natur gefolgt, hatte lediglich im Sinnentaumel die Sehnsucht ihres Herzens und Leibes gestillt.

Die Frage, ob sie ihre liebestolle Großmutter gekannt habe, läßt Else Gellert offen. Frag lieber nicht, pflegt sie mit einem Ausdruck mühevoll gezähmten Schmerzes zu antworten, wobei ihr Blick in eine düstere Ferne schweift, in der ein verlaustes Asyl oder Armenhaus steht, letzte Zuflucht einer gewissen Frederieke Karwunke, geborene von Veltheim, Endstation einer Verlorenen und Verstoßenen.

Elses Herkunftsgeschichte wird von der Familie akzeptiert, aus Liebe, aus Respekt und, das gilt für Elses Mann, Max Wollin, weil sie Teil einer stillen Abmachung ist, die beide verpflichtet, die Geschichten des Partners nicht allzu penibel auf ihren Wahrheitsgehalt zu überprüfen, sie so stehen zu lassen, wie sie erzählt werden. Aus diesem Grunde ist auch das Fräulein Reeskow offiziell Großvaters ehemalige Sekretärin und mehr nicht! Und aus diesem Grunde kann sie im Hause Wollin verkehren, mit Else Tee trinken, mit Max heimliche Blicke tauschen und die naseweisen Enkel mit knallbunten Fondants bestechen. Die Jungen sind nämlich furchtbar neugierig und ganz und gar nicht begabt mit dieser Wollinschen Diskretion. Nach ihren Besuchen bei den Großeltern erzählen sie der Mutter jedesmal aufgeregt, daß Fräulein Beeskow den Großvater wieder so komisch angeschaut habe. Der älteste Sohn, Stephan, will wissen, was zwischen den beiden sei, wird aber von Elses Tochter mit einem knappen »Später mal« abgespeist.

Carsten liebt das Fräulein Reeskow sehr. Erstens hat sie lackierte Fingernägel, zweitens raucht sie Zigaretten in einer silbernen Spitze – Wer mag ihr die wohl geschenkt haben? –, und drittens hat sie die Angewohnheit, beim Kuchenessen ihre Fingerkuppen an die gespitzten Lippen zu führen, um die Krümelchen quasi wegzuküssen. Dabei werden dann jene berühmten Blicke getauscht.

Fräulein Reeskows Haar ist von einem Blond schwankender Intensität, das Carsten immer an Gold denken läßt. Er mag ihre hohen Stöckelschuhe und die kurzen Röcke ihrer ansonsten züchtigen Kostüme. Wie sie sich mit der beringten linken Hand durchs Haar streicht, gefällt ihm auch. Diese Geste übt er vor dem mütterlichen Frisierspiegel, er sagt dann jedesmal mit spitzem Mund: »Mein lieber Herr Wollin, nein, wie köstlich!« (so werden Großvaters Bonmots kommentiert), und lacht, wie nur Fräulein Reeskow zu lachen versteht: perlend, laut Großvater; affektiert, laut Großmutter. Daß Fräulein Reeskow Linkshänderin ist, macht sie zu Carstens Verbündeter. Niemand darf ihn auffordern, auch einmal die rechte Hand zu benutzen. Er antwortet dann: Tut Fräulein Reeskow auch nicht, und die war Opas Sekretärin!

Das ist sie von 1925 bis zu Großvaters Pensionierung im Jahre 1945. Als Großvater mit vierunddreißig Abteilungsleiter in einem Versicherungsunternehmen wird, tritt sie in sein Berufsleben, wenig später in sein Privatleben und gehört zu diesen beiden Leben, bis zu Großvaters letztem Atemzug. Vierzehn Jahre jünger als ihr Chef ist sie, in Stöckelschuhen zehn Zentimeter größer als dessen Gattin – und gewiß um einige Kilo leichter als die eher plump gebaute Else Wollin. Damals ist das Blond noch von echtem Glanz und verfehlt seine Wirkung auf den neuen Chef nicht. Haar wie Gold, denkt der und setzt an zum Seitensprung.

Unschöne Dinge geschehen: Der betrogenen Ehefrau werden anonyme Briefe geschickt, in denen steht, ihr Mann habe seiner Sekretärin für teures Geld ein Schlafzimmer eingerichtet, in dem ständig Ehebruch betrieben werde. Er halte dieses Flittchen aus, behänge sie mit Schmuck und verschließe in der Mittagspause die Tür zu Vorzimmer und Büro. Was dort dann ablaufe, könne sich selbst eine ehrbare Frau wie Else Wollin gewiß denken.

Zu ihrer Freundin sagt sie: Als wüßte ich das nicht schon längst. So etwas spürt eine Frau. Da braucht ihr niemand anonyme Briefe zu schicken.

Läßt du dich jetzt scheiden? fragt Berta Barbe.

Nein, Berta, Max weiß ganz genau, wo er hingehört. Der kommt immer wieder zurück. Sein Fräulein Reeskow ist nur gut für gewiße Stunden, falls du verstehst, was ich andeuten will.

Das nenne ich Tenue! sagt beeindruckt die Barbe. Ja, wie's drinnen aussieht, geht niemand etwas an, nicht wahr?

Else Wollin strafft sich: In der Tat geht das niemanden etwas an!

Was für eine starke Frau du bist! Berta Barbe nimmt ihre Freundin in den Arm, und dann vergießen die beiden Damen ein paar Tränen, was bekanntlich guttut.

Wie ich diese Person verachte! schluchzt Else Wollin, wie ich sie verachte!

Die Intensität dieser Verachtung nimmt ab mit den Jahren, aber selbst die Enkelsöhne spüren sie noch in Elses Blicken und Bemerkungen.

Niemand versteht, daß Max Wollins Geliebte behutsam in die Familie integriert wird, daß sie zum Tee kommt, mit der Tochter in den Zoo geht, sie zu Schneider und Friseur begleitet, wenn Else Wollin sich dazu nicht aufraffen mag und vorgibt, unpäßlich zu sein.

Die hat relativ schnell erkannt, daß ein Ehemann mit schlechtem Gewissen ein sehr aufmerksamer und großzügiger Ehemann ist, einer, der das Recht verwirkt hat, seiner Frau Vorwürfe zu machen oder Ratschläge zu erteilen. So bleibt zum Beispiel Elses Launenhaftigkeit unkommentiert, weil halt immer die Gefahr besteht, von der Gattin zu hören, sie sei keineswegs launisch, sondern zutiefst verletzt – und daß sie wegen der Reeskow vor Freude auf dem Tisch tanze, werde Max ja wohl nicht erwarten. Nach zwei, drei Jahren sieht Else Wollin die Vorzüge der Liaison: Max, der Filou, treibt sich nicht mehr herum und trinkt weniger. Es gibt keine anderen Frauen, keine anderen Affären. Wenn Max abends spät nicht zu Hause ist, weiß Else, wo sie ihn finden könnte. Fast mit Bewunderung denkt sie an Fräulein

Reeskow: Die hat's verstanden! Diese kleine Sekretärin wird er nicht mehr los. Der ist er in die Falle gegangen, und da gibt's kein Entrinnen mehr. Wenn Max die verläßt, hat er eine Klage am Hals. Die Reeskow läßt sich nicht abservieren, wie die anderen. Die kommt aus einer Juristenfamilie, lauter Anwälte und Richter.

Warum hat die Reeskow dennoch diesen Schlag ins Billige? Das haben wohl alle Kokotten, denkt Else, froh über die Gelegenheit, eines ihrer Lieblingswörter benutzen zu können: Kokotte. Das kommt noch vor spinöse Person, Schickse und Dämchen.

Fräulein Reeskow ist sehr vornehm, stimmt's, Oma? fragt eines Nachmittags Carsten.

Nein, sagt Else Wollin unwirsch. Die ist affektiert und kokett. Im übrigen rauchen vornehme Frauen nicht in der Öffentlichkeit und rennen nicht mit rot lackierten Fingernägeln herum.

Das heißt natürlich, daß sie, die Großmutter, vornehm ist, was man bei der Abstammung auch nicht anders erwartet hätte. Noblesse oblige, um es mit ihren Worten zu sagen.

Elses Liebe zum Adel weist tragische Züge auf, weil sie unerwidert bleibt, weil der Liebenden selbst ein kleines, bescheidenes »von« vorenthalten wird und weil der großmütterliche Glanz sozusagen in der Gosse gelandet ist. Da strahlt nichts mehr, da wird niemand mehr geblendet, da ist nur der gesellschaftliche Abstieg, die Trunksucht des Hallodris Karwunke, der so geheißen haben mag oder auch nicht – falls es ihn denn überhaupt gegeben hat! Wollin, versucht sich Else einzureden, ist ein schöner Name, der auf die märkische Herkunft verweist und gut zu einer Berliner Bürgerfamilie paßt, aber, grämt sie sich, *von* Wollin wäre bei weitem feiner – und passender.

Daß sie den Tennissport liebt, als Gottfried Baron von Cramm aktiv ist, versteht sich von selbst. Zu dem herrlichen Namen kommen ein schlanker, eleganter Körper, kraftvolle und anmutige Bewegungen und diese weißen, tadellos sitzenden Hosen, die der Herr Baron zu tragen pflegt, und die noch nach Ende des Matches aussehen, als wären sie gerade vom Bügelbrett genommen. Else Wollin schwärmt von dem blaublütigen Tenniscrack, obwohl ihr Max zu verstehen gibt, daß gewisse Neigungen des Herrn von Cramm ihn immun machen gegen weibliches Schwärmen. Frau Wollin hält das für üble Nachrede, später dann, als sie von der Verhaftung Cramms erfährt, deutet sie dessen Neigungen als ein Zeichen adliger Dekadenz, die nun einmal der zu entrichtende Tribut für einen in den Tiefen des Mittelalters wurzelnden Stammbaum sei. Was Gottfried von Cramm auch tut, verkündet sie, er wird es mit Stil tun.

Womit du der Wahrheit sehr nahe kommst, sagt Max süffisant.

Über die Heirat mit Barbara Hutton, dieser amerikanischen Dollarprinzessin, ärgert sie sich tagelang. Sieh es doch so, Elschen, sagt der Ehemann, jetzt ist er wenigstens versorgt. Dein weißer Prinz ist in die Jahre gekommen. Mit Tennis macht der kein Geld mehr.

Aber eine Amerikanerin, deren Großvater noch mit einem Bauchladen herumgezogen ist, das müßte nicht sein. In Deutschland gibt es auch reiche Frauen, und da ist altes Geld vorhanden.

Neues wird auch gern genommen, sagt Max, der wieder einmal bestätigt, daß seine Ironie zu Recht einen legendären Ruf genießt.

Ein Herr trägt stets und immer lange Unterhosen, auch im Hochsommer, erklärt Max Wollin seinem neunjährigen Enkel; der hatte sich nämlich darüber gewundert, als er dem Großvater beim Ankleiden zuschaute.

Diese kurzen Unterhosen sind Schlüpfer, wie sie kleine Mädchen tragen, Carsten. Schlüpfer sind das!

Der Junge ärgert sich, daß der Großvater damit zu verstehen gibt, Papa würde Mädchenschlüpfer tragen. Das erzähl ich zu Hause besser nicht, sonst gibt's bloß wieder Ärger.

Carsten und Max Wollin haben vor, einen Ku'damm-Bummel zu machen, für den sie sich herausputzen. Seine Lieblingskniestrümpfe hat Carsten angezogen, die gelb, sehr gelb sind. Er hatte sie selber aussuchen dürfen. Sie passen gut zu dem beigefarbenen Hemd mit den braunen Karos und den braunen Halbschuhen.

Wohlgefällig ruht des Großvaters Auge auf dem Enkel.

Wer hat dich angezogen? Mama?

Mensch, Opa, ich zieh mich selber an, schon ewig!

Entschuldige, junger Mann, ich meinte: Wer hat die Kleidung ausgesucht?

Ich, Opa. Sieht schön aus, stimmt's?

Doch, farblich ist das alles sehr geschmackvoll aufeinander abgestimmt.

Max Wollin ist froh, daß sein Enkel nicht in dieser kreischbunten Kleidung herumläuft, die Kinder immer wie Leierkastenaffen aussehen läßt. Auf seine Tochter kann er sich verlassen, die kauft ihren Söhnen keine bonbonfarbenen Hemden oder alberne Ringelsöckchen. Rieke hat Geschmack!

Den seinen beweist Max Tag für Tag. Zu jeder Gelegenheit ist er passend angezogen, dezent und elegant zugleich. Nichts Auffälliges ist an ihm, er ist ein Meister des Understatements, und doch sieht der ganze Truseweg, daß Herr Wollin der bestgekleidete Mann in dieser kleinen, gerade mal sechs Miethäuser langen Straße ist. Was selbstverständlich nicht heißt, daß er nicht auch auf dem Ku'damm eine gute Figur machen würde.

Heute trägt er einen grauen Straßenanzug mit dunkelgrüner Weste, ein hellblaues Oberhemd, eine schwarz-grün gepunktete Krawatte, schwarze Halbschuhe, dunkelgrüne Kniestrümpfe in dem Farbton des Pochettes.

Als Carsten vor einiger Zeit belehrt worden war, daß ein Herr niemals Socken trage, war er nach Hause gekommen und hatte der Mutter verkündet, nur noch Kniestrümpfe anzuziehen. Diese doofen Söckchen ziehe er nicht mehr an.

Nachdem er versprochen hatte, sich zu beruhigen, ging er mit der Mutter zu »Wäsche Schmidt« in der Anzengruberstraße. Abends zeigte er dem Vater stolz drei Paar Kniestrümpfe.

Die sind für sonntags, Carsten! Auf dem Spielplatz mußt du die nicht tragen, sagt Georg Scholze.

Ja, Papa.

Dem schlauen Kind kam spontan der wunderbare Einfall, einfach seltener auf den Spielplatz zu gehen. Da sind sowieso nur die großen Jungs, die einen nie mitspielen lassen.

Großvater zieht einen Mantel über, einen Staubmantel, setzt einen Hut auf, einen Homburger, und greift nach dem Regenschirm.

Keine Handschuhe? fragt enttäuscht der Junge.

Lieber nicht, die laß ich nur liegen, und dann meckert deine Großmutter wieder: »Die schönen, teuren Handschuhe, das zweite Paar in diesem Jahr, und wir haben erst August. Ein Vermögen gibt dieser Mann für Handschuhe aus. Das müßte mir passieren, was würde ich da zu hören kriegen!«

Der Junge freut sich, wenn Max Wollin seine Frau nachmacht, das findet er sehr lustig. Carsten übt sich auch in dieser Kunst. Gern macht er das Fräulein Reeskow nach, dieses »Mein lieber Herr Wollin ...«, das sie großzügig in ihre Rede einbaut. Die Häufigkeit, mit der sie ihren Geliebten so anredet, soll Else signalisieren, daß die Form gewahrt bleibt. Kein vertrauliches Du im Truseweg 2. Auch nicht nach dreißig Jahren!

Carstens Vater meint, Fräulein Reeskow könne gar nicht wie ein normaler Mensch reden, jedenfalls nicht in Gegenwart ihres Ex-Chefs, da flöte sie und tiriliere wie eine Nachtigall. Die Frau ist doch keine Zwanzig mehr!

Die ist auch keine Fünfzig mehr, sagt Rieke – und Scholzes lachen. Der Junge hört das nicht gern, über sein schönes Fräulein Reeskow darf nicht gelacht werden. Schade, daß er den Eltern das nicht verbieten kann.

In der U-Bahn sucht sich Max Wollin einen Sitzplatz, der es ihm ermöglicht, sich in der Scheibe auf der anderen Seite des Ganges zu spiegeln. Der Junge ist dafür zu klein; wenn er sitzt, sieht er nur seine Haare. Er stellt sich zwischen die Oberschenkel des Großvaters und guckt sich neugierig an. Grimassen schneidet er auch, die allerfürchterlichsten, die man sich vorstellen kann. Selten bemerkt das der Großvater, der hat sich versenkt in sein Spiegelbild, so tief, daß er nichts mehr wahrnimmt.

Kein Wort wechseln die beiden. Nur wenn der Zug in die Bahnhöfe einläuft, ruft der Junge mit geschlossenen Augen laut die Stationen aus, um dann seinen Großvater leise zu fragen: Richtig?

Ja, sagt der, Spichernstraße ist richtig.

Max und Carsten nehmen auf der Terrasse des »Kranzler« Platz, schauen den Frauen und Autos nach, trinken Kaffee und Sinalco, unterhalten sich, lachen über die bayerischen Touristen mit den Bundhosen. Sie amüsieren sich prächtig. Kuchen und Eis spendiert der Großvater, sich gönnt er einen Cognac.

Ach, wissen Sie was, sagt er zu der Kellnerin, bringen Sie einen doppelten! Kein Wort zu Oma, verstanden?

Ich sag doch nie was, Opa. Das weißt du doch.

Der Cognac wird serviert in einem großen, bauchigen Glas. Carsten guckt sein Glas an, auf dem steht »Sinalco«. Ein richtiges Kinderglas.

Opa, ich möchte auch so ein Glas haben.

Einen Cognacschwenker? Daraus trinkt man keine Brause.

Warum denn nicht? Das sieht doch viel schöner aus.

Das sieht es in der Tat. Weißt du was, Carsten, ich glaube, du wirst einmal ein richtiger Dandy. Gut, ich ruf die Kellnerin.

Können Sie bitte meinem Enkelsohn einen Cognacschwenker bringen.

Die überarbeitete Kellnerin ist entsetzt: Einen Cognac? Für das Kind?

Gute Frau, keinen Cognac, nur ein Cognacglas.

Wofür denn? Er hat doch ein Glas.

Ja, ruft Carsten, aber ein doofes Sinalcoglas.

Die Kellnerin schüttelt mit dem Kopf: Kinder gibt es! Man glaubt es nicht.

Das haben Sie gut beobachtet, sagt Wollin und zwinkert seinem Enkel zu.

Die Kellnerin bringt einen Cognacschwenker: Recht so?

Das ist ganz reizend von Ihnen. Carsten, bedank dich bei der Dame.

Die sagt leise: Sie sollten das Kind nicht so verwöhnen.

Großvater sagt: Gibt es auch nur einen guten Grund, warum ich das nicht tun sollte?

Die Kellnerin bekommt später ein großzügiges Trinkgeld.

An den Nebentisch setzt sich eine junge blonde Frau.

Opa, guck mal, die sieht aus wie Fräulein Reeskow.

Großvater lacht: Schade, daß sie das nicht gehört hat. Damit hättest du ihr eine große Freude gemacht.

Warum?

Weil sie viel älter ist als die junge Frau.

Wie alt ist sie denn?

Das verrate ich nicht. Über das Alter von Frauen deckt man den Mantel des Schweigens.

Warum?

Weil Frauen furchtbar eitel und entsetzlich empfindlich sind.

Das ist wahr, Opa. Carsten schaut auf die junge blonde Frau und guckt dann seinen Großvater an: Magst du Fräulein Reeskow sehr?

Ja, sagt der, das könnte man so sagen.

Und Oma?

Nun, Oma mag sie auch.

Aber nicht immer, stimmt's?

Stimmt.

Warum hat Fräulein Reeskow eigentlich keinen Mann?

Sie ist eine typische Junggesellin, die will gar keinen Ehemann.

Vielleicht will sie dich?

Max Wollin schaut auf seine Hände: Können wir bitte das Thema wechseln!

Klar, Opa. Ich erzähl dir einen Witz, ja? Hab ich von Stephan.

Du weißt, daß ich keine Witze mag. Laß uns gehen. Du solltest zu Hause sein, bevor dein Vater von der Arbeit kommt.

Das war ein schöner Nachmittag. Vielen Dank, Opa.

Es war mir ein Vergnügen, junger Herr.

In der U-Bahn wechseln sie wie immer kaum ein Wort.

Berta Barbe, die ohne jegliche Berechtigung ihren Nachnamen auf der zweiten Silbe betont – es gibt da keinen feinen, kleinen Accent, der elegant über dem E schwebte –, Berta Barbe ist Else Wollins beste und älteste Freudin. Wir kennen uns vom Lyzeum, verbreiten die beiden Damen, wenn man sie nach dem Beginn ihrer schönen Freundschaft fragt. Daß sie nur gemeinsam die Handelsschule besucht haben, ist allen bekannt, wird aber taktvoll verschwiegen. Einer alten Berliner Hugenottenfamilie entstammen weder Berta noch ihr Gatte, allein ihre Freundin Else von Veltheim ist jederzeit bereit, die gegenteilige Aussage zu bezeugen. In Bertas Adern fließe französisches Blut, behauptet sie.

Max Wollin pflegt darauf zu antworten: Das einzig Französische in dem Blut der Barbes war der Cognac in den Adern des Gatten.

Wahr ist, daß Wilhelm Barbe getrunken hat, heftig, maßlos, bis zur Leberzirrhose. Mit zweiundvierzig Jahren verstarb er, seiner Frau Berta zwei Kinder hinterlassend sowie einen Haufen Schulden, der zur Schließung der Posamentierhandlung führte, die von der Familie Barbe seit drei Generationen in der Nähe des Gendarmenmarktes betrieben worden war. Großvater fand es höchst unpassend, daß ein

Mann Strumpfbänder und Nähgarn verkauft; er nannte Bertas Mann – selbstverständlich nie in dessen Gegenwart – »Pleureusen-Willi«, schätzte ihn aber wegen des passablen Cognacs, den er bei den Barbes vorgesetzt bekam. In den letzten zwei Jahren vor seinem Tod konnte sich Willi nur noch deutschen Weinbrand leisten; keinen Fusel, so arg war die finanzielle Situation noch nicht, aber Max schlug das »Gesöff« auf den Magen. Es spricht für seine Freundestreue, daß er die Besuche bei Pleureusen-Willi nicht abbrach.

Nach dessen Tod unterstützt er Berta, bis die eine Stelle bei Wertheim gefunden hat. Der Sohn folgt dem Vater bald nach, kränklich war er seit seiner Geburt. Die Tochter Friedel verschwindet wenige Monate nach Kriegsende mit einem älteren affektierten Mann, der vorgibt, Intendant der Stettiner Landesbühne gewesen zu sein. Daß es eine solche gegeben hat, bezweifelt Max Wollin. Der vorgebliche Prinzipal aus dem Deutschen Osten läßt durchblicken, noch immer über die allerbesten Beziehungen zum Theater zu verfügen. Damit versteht er die zwanzigjährige Friedel zu ködern, sie ist nämlich Mitglied einer Laienspielgruppe. Selbstverständlich aber drängt es sie auf die Bühnen der großen Häuser, wo die Wimmer und die Gorvin Triumphe feiern. Ob sie noch lebt, wo und mit wem und in welcher Verfassung, ist nicht herauszubekommen, Berta Barbe hat mit Wollins Hilfe alles versucht. Die Polizei wurde aus Scham nie eingeschaltet

Niemand lacht, wenn Berta sich mit »Barbé« vorstellt oder »À la bonheur« und »Comme il faut« sagt. Alles sieht man ihr nach, der armen, armen Berta.

Liebreizend gibt sie sich, die kleine Person, die gerade mal einen Meter fünfundfünfzig mißt und nicht mehr wiegt als ein Ballen Brüsseler Spitze. Zu ihrer Freundin sagt sie »Elschen« oder, was aus ihrem Mund komisch klingt, »Ma petite«. Max Wollin ist »Mäxchen« oder »Mäxelchen« – letzterer Kosename bereitet ihm geradezu körperliche Qualen – und »mon chevalier«, womit er leben kann.

Gekleidet ist Berta abenteuerlich: Man hat den Eindruck, sie habe vor der Schließung der Posamentierhandlung noch einmal kräftig für den Eigenbedarf gesorgt. Eine andere Erklärung gibt es nicht für all die Rüschen, Spitzen, Schleifchen, Volants und Zierknöpfe, die großzügig auf ihren ursprünglich schlichten Kleidern verteilt sind, auf den wenigen Kleidern, die sie aber mit einem etwas ausgefallenen Gestaltungswillen und einer nonchalanten Keßheit immer wieder verändert und gewissermaßen umdekoriert. Wollin macht ihr stets die schönsten Komplimente, wenn sie zum Kaffeetrinken kommt. Berta, sagt er dann, très chic!

Er hat sie gern, »die kleene Kruke«, und er ist tatsächlich ihr Chevalier, ihr ritterlicher Beschützer. An seiner Brust weint sie sich aus, wenn sie von Friedel geträumt hat, wenn wieder einmal eine Spur der Tochter im Sande verlaufen ist, wenn sich die Jahrestage nähern.

Bertas Leben ist ein Courths-Mahler-Roman ohne glückliches Ende, denkt Wollin, da hat das Schicksal wirklich übertrieben. Mann: versoffen, Sohn: schwindsüchtig, Tochter: durchgebrannt und Berta: krumm vom Leid und dennoch tapfer.

Carsten spielt vor dem Haus; er malt Schiffe auf den Bürgersteig, Äppelkähne und Ausflugsdampfer, wie er sie vom Neuköllner Schiffahrtskanal kennt, der keine fünfzig Meter vom Truseweg entfernt vorbeifließt. Man muß nur an der Ecke Weigandufer die Straße überqueren, durch die Büsche kriechen, und schon ist man auf der Uferpromenade, die dem Wasserlauf folgt. Herrlich ist so ein Kanal, herrlich und gefährlich! Ausschlag bekommt man, wenn man in ihm schwimmt, und eiternde Ekzeme. Auch darf man keineswegs das Kanalwasser trinken, pures Gift ist das! Da muß einem der Magen ausgepumpt werden, falls man nicht von hohem Fieber, Durchfall und Erbrechen so geschwächt ist, daß man elendiglich zugrunde geht – warnt die Großmutter, die es liebt, detaillierte Szenarien des Schreckens zu entwerfen. Eine Schwarzseherin sei sie nicht, aber daß man in einem Kanal bekanntlich ertrinken kann, werde sie ja wohl sagen dürfen. Passiert ist schnell etwas, und wer trage dann wohl die Verantwortung?!

Wer? Doch nicht Else Wollin. Die lauert schließlich nicht in den Büschen der Uferpromenade, um die Spaziergänger reihenweise in den Neuköllner Schiffahrtskanal zu schubsen.

Alle Wasserleichen der letzten Jahrzehnte hat sie in ihrem Kopf versammelt, keine kann sie vergessen: Junge Dinger, die der Liebeskummer zum Elsensteg trieb, auf dem sie einen finalen Seufzer ausstießen, um sich dann in die schwarzen Wasser des Schiffahrtskanales zu stürzen; Betrunkene, die ihre Sportlichkeit beweisen wollten, beim Eintauchen ins Wasser jedoch einen Herzinfarkt erlitten – und Kinder! Jungen, die Kopfsprung üben wollten und sich in den auf dem Kanalgrund liegenden Matratzen verfingen, sich nicht befreien konnten und qualvoll erstickten. Dem Sohn von Walters ist das zugestoßen, da war er keine zehn Jahre alt. Jedes Kind kennt die furchtbare Begebenheit, wieder und wieder wird sie von den Erwachsenen erzählt. Sie gehört zum Truseweg wie die sechs Häuser und die zwei Laternen.

Walters sind die einzigen Bewohner der Straße, die der sonntägliche Spaziergang nicht am Kanal entlangführt. Das Weigandufer mit seiner Uferpromenade versuchen sie seit damals zu meiden. Jedesmal, wenn Frau Walter Carsten trifft, drängt sie ihn, ihr in die Hand zu versprechen, um Himmels willen nicht allein zum Kanal zu gehen. Er wisse ja, wie es ihrem Norbert ergangen sei.

Daß Carsten nicht jedesmal schreiend davonstürmt, wenn er in die Nähe des mörderischen Wasserlaufs kommt, spricht für eine mutige Haltung gegenüber den Fährnissen, die in jeder Sekunde sein junges Leben bedrohen. Manchmal jedoch träumt er, daß im Kanal ein tausend Meter langes Ungeheuer lebt, eine Schlange, die aus dem Wasser schnellt und nach kleinen Jungen schnappt, um sie zu verschlingen.

Elendiglich und qualvoll sterben die dann im finsteren Bauch des Ungetiers, müssen vorher aber noch einen Blick auf die in den Spiralen einer Matratze gefangene Wasserleiche des kleinen Norbert werfen.

Brauchst keine Angst zu haben, sagt Rieke Scholze, wenn man vorsichtig ist, kann einem gar nichts passieren. Die Böschung herunterrutschen darf man natürlich nicht.

Das weiß und beherzigt der brave Carsten, obwohl er die großen Jungen beneidet, die das tun.

Nach dem Einkaufen gehen sie oft zum Elsensteg, einer anmutig geschwungenen Fußgängerbrücke mit schmiedeeisernem Geländer. Der Junge spuckt dann ins Wasser, oder schöner noch: auf die Äppelkähne, die unter ihm die Brücke passieren. Mutter behauptet, die Kähne würden einmal um die ganze Erde fahren, nach genau einem Jahr wiederkommen, und wenn man genau hinsehe, könne man noch Carstens Spucke entdecken. Carsten weiß, daß sie Spaß macht.

Auf dem Elsensteg singen sie gemeinsam, was der Junge sonst eigentlich nicht mag. Und das ist ihr Lied: Ich steh auf der Brücke und spuck auf den Kahn, und da freut sich die Spucke, daß sie Kahn fahren kann.

Gibt es ein lustigeres Lied, das man mit seiner Mama singen kann? Na, wohl nicht!

Eines Abends parken viele Lastwagen am Weigandufer, und Dinge werden ausgeladen, die Carsten noch nie gesehen hat: Filmkameras, Kamerakräne, Mikrophone an langen Stangen, große und kleine Scheinwerfer. Hier wird jetzt ein Film gedreht, erklärt der Vater, der sich mit seiner Familie dieses Spektakel nicht entgehen läßt. Die ganze Nachbarschaft ist auf den Beinen, und wer heute abend im Truseweg irgendwo klingelt, wird das vergebens tun. Die Leute vom Film haben Kurt Schneiders »Parkrestaurant« angemietet, das direkt am Elsensteg liegt, Weigandufer, Ecke Innstraße, und Raum bietet für die Maske, die Schauspieler, den Regisseur, den Requisiteur, und wie sie alle heißen, diese Leute vom Film, die beäugt werden, als wären sie direkt vom Mars in Schneiders irdischem Familienrestaurant gelandet.

Der Kneipier wird um seine Nähe zur Künstlerschar beneidet; er parliert mit der Hauptdarstellerin, bringt dem Regisseur Mineralwasser; serviert es nicht wie ein kleiner Kellner, nein, nonchalant stellt er es auf das Tischchen vor dem Regiestuhl, beugt sich zum Ohr des Regisseurs, der daraufhin nach dem Skriptgirl ruft.

Ja, ist Schneider denn engagiert, bei den Filmarbeiten mitzuwirken? Ist da mehr als Würstchen heißmachen und Kartoffelsalat portionieren? Ist Kutte Schneider – netter Kerl, keine Leuchte, wie Scholze sagt – in die glanzvolle Welt der Stars und Sternchen gebeten worden, weil er, wie kein zweiter, den Elsensteg ins rechte filmische Licht zu rücken verstünde?

Der Wirt hätte gegenwärtig weder Zeit noch Neigung, diese Fragen zu beantworten; er ist für das leibliche Wohl der Filmleute verantwortlich, dafür, daß die nervöse Hauptdarstellerin pausenlos mit Kamillentee versorgt wird. Wegen der Stimme, wie Schneider anderentags seinen Stammgästen erklärt. Heute hat er für die kaum ein Wort und nur einen äußerst knappen Gruß. Man glaubt es nicht: Den Requisiteur duzt er bereits!

Und gleich, sagt Georg Scholze, wird er dem Regisseur die Füße küssen.

In vorderster Reihe der Zuschauer steht Babs, die 17jährige Tochter von Walters, ein hübsches Ding, das mit jedem jungen Burschen flirtet, der den Truseweg herunterkommt. Stephan Scholze ist mit ihr gegangen, aber welcher junge Mann vom Truseweg hatte nicht das Vergnügen. Bitte! Babs ist kein Flittchen, noch nicht einmal ein Früchtchen – selbst Else Wollin sieht keinen Anlaß, die Wörter Kokotte und Dämchen zu bemühen –, Babs tanzt halt gern freitags im Jugendheim und schmust halt gern auf den lauschigen Bänken an der Uferpromenade. Und sie liebt es, sich herauszuputzen. Kein Mädchen aus der Nachbarschaft hat mehr

Petticoats als sie, mehr Halstücher, mehr Dreiviertelhosen mit Seitenschlitz. Daß sie verwöhnt und vergöttert wird, macht den Eltern niemand zum Vorwurf. Wegen Norbert.

Ein gutmütiger, lustiger Backfisch ist Babs, jeder hat sie gern, jedem gefällt ihre hübsche Figur, die blonden Locken, das Stupsnäschen. Brennend wünscht sie, daß sie heute abend auch dem Regisseur gefällt, daß sie ihm auffällt. Der hat seinen Regiestuhl raus auf die Straßenecke stellen lassen, nicht nur, um Schneiders Fürsorglichkeit – und Vertraulichkeiten – zu entgehen, nein, die Dreharbeiten beginnen gleich. Die Ruhe vor dem Sturm, einen solchen erwartet die Nachbarschaft, nutzt die blonde Babs für Umkreisungen des Regisseurs. Rieke Scholze behauptet, sie würde dabei mit ihrem süßen kleinen Podex wackeln und verführerisch mit den Wimpern klimpern und schmachtvolle Blicke werfen.

Die blöde Kuh, sagt Stephan, dem sie nicht treu sein wollte, möchte entdeckt werden. Das glaube ich auch, sagt Carsten, aber blöde Kuh sagt man nicht.

Vater lacht: Sehr richtig, mein Junge, bring deinem großen Bruder ruhig ein paar Manieren bei.

Der sagt plötzlich: So, jetzt empfehle ich mich für die männliche Hauptrolle.

Er springt über die Straße, stellt sich vor den Büschen auf und ruft zur Verblüffung der Filmleute und Schaulustigen: Mein gutes, braves Mütterlein, habt Ihr wohl ein Butterbrot für Euren Erstgeborenen? Komm hungrig aus der Fremde.

Viele Rs rollen, und groß sind Stephans Gesten. Mütterlein Rieke errötet bis zum Haaransatz, aus den Reihen der Zuschauer erschallen Bravo-Rufe. Man kennt Stephan als einen lustigen Vogel, der immer wieder mit seinen verrückten Einfällen zu verblüffen versteht. Der Vater will beobachtet haben, daß der Regisseur herzlich gelacht und amüsiert mit dem Kopf geschüttelt habe; nur Babsy und Schneider finden keine Freude an dem Auftritt. Schneider ruft, in der Tür seines Lokal stehend: Stephan, nun stör hier nicht die Dreharbeiten. Das ist doch kein Kinderspielplatz.

Ist ja gut, Kurt, sagt Scholze.

Die Aufmerksamkeit, die ihr Ex-Freund genießt, nagt an Babsy. Sie kommt auf den Gedanken, daß sie vielleicht nicht hübsch genug angezogen sei. Vielleicht guckt deswegen der Regisseur nicht in ihre Richtung. Also rennt sie das kurze Stück Weigandufer herunter, biegt in den Truseweg und steht keine fünfzehn Minuten später in einer engen roten Bluse, die ganz wenig Knöpfe zu zieren scheinen, und einem paradiesvogelbunten Rock, der mit Hilfe von fünf Petticoats die Gesetze der Schwerkraft überwunden hat, in unmittelbarer Nähe des Regiestuhls, der jedoch verwaist ist, weil der Regisseur eine längere Pinkelpause einlegt. Diese Gelegenheit läßt Stephan nicht ungenutzt verstreichen.

Es lebe Babsy Walter, ruft er, das tollste Girl vom Truseweg!

Die anwesenden Jugendlichen lassen Babsy Walter hochleben. Die Stimmung wird derart ausgelassen, daß Schneider sich zu einer Mahnrede veranlaßt sieht: Herrschaften, etwas mehr Disziplin, bitte. Hier wird gearbeitet! Filmen ist schließlich kein Zuckerschlecken! Und Stephan ruft er zu: Du benimmst dich jetzt wie ein anständiger junger Mann und spielst nicht wieder den Clown!

Herr und Frau Scholze müssen lachen, Schneider sieht das: Georg, nun paß endlich auf deinen verrückten Bengel auf.

Der Regisseur kommt mit feuchten Händen vom Klo zurück und fährt sich durch sein volles Haar. Aha, denkt der schlaue Carsten, deswegen hat er sie nicht abgetrocknet. Carsten macht sein Haar auch naß, bevor er es kämmt. Das geht dann besser und sieht toll aus, als hätte er Stephans Pomade benutzt, was der ihm bei Androhung von Prügel verboten hat.

Endlich greift der Regisseur nach einem Trichter, der sogenannten Flüstertüte: Meine Damen und Herren, jetzt geht es gleich los. Es wäre sehr freundlich von Ihnen, wenn Sie sich während des Drehens ruhig verhielten. Ich danke für Ihr Verständnis.

Geht in Ordnung, sagt Jack Dallmann, der Älteste des Schnapsvertreters, als wäre er der gewählte Sprecher des Trusewegs und Weigandufers. Jack, eigentlich Jakob, steht im Rufe, ein Halbstarker zu sein. Er trägt halt eine Lederjacke und weiße Socken – und er trinkt ganz schön für sein Alter.

Der Apfel fällt nicht weit vom Stamm, sagt Else Wollin.

Heute jedoch benimmt er sich tadellos und ist im Kreise der Nachbarn wohlgelitten.

Dieser Regisseur ist ein netter Mann, sagt Rieke Scholze, gar nicht eingebildet. Und ein hübscher Kerl ist er obendrein.

Brenn mir nur nicht mit dem durch, sagt Georg, du erinnerst dich an Friedel Barbe: Auf immer verschollen!

Und an Mädchenhändler verkauft, ergänzt Carsten, der jüngst erst über deren Existenz unterrichtet worden war. Vom großen Bruder selbstverständlich, den Carstens anschließende Frage nach Jungenhändlern in arge Verlegenheit brachte: Ob's die gibt, wisse er ehrlich gesagt nicht.

Es gibt keine Schlange im Kanal, sagt Rieke Scholze – darauf weist sie, der Nachtruhe zuliebe, bei jeder auch nur irgendwie passenden Gelegenheit hin –, und Mädchenhändler gibt es erst recht nicht. Niemand wird Babsy Walter verkaufen!

Ich würd die sowieso nicht haben wollen, die blöde Kuh, sagt Carsten.

Georg Scholze blickt seinen Ältesten an: Siehst du, da haben wir's. Du weißt doch, daß Carsten alles nachplappert.

Babys plappern, korrigiert Carsten seinen Vater, Schuljungen reden!

Plötzlich dringt aus der Flüstertüte das Kommando: Ton läuft, Kamera läuft. Und los!

In Ehrfurcht erstarrt die schaulustige Nachbarschaft.

Jetzt wird gedreht!

Herrlich ist es dabeizusein, in dieser milden Sommernacht am Elsensteg in Neukölln.

Ein Motorboot der Wasserschutzpolizei ankert in unmittelbarer Nähe der Brücke, und Taucher haben mit Unterwasserscheinwerfern den Kanalgrund abgesucht. Wegen Norbert, sagt sich Carsten.

Mehrmals muß sich die zarte blutjunge Hauptdarstellerin die Stufen zum Elsensteg hochschleppen, benommen schon von ihrem Todeswunsche. Sechs, sieben Mal wird die Szene gedreht, bei der letzten Einstellung ist die Schauspielerin derart geschwächt, daß sie Verzweiflung und Suizidbegehr nicht mehr spielen muß. Alles ist echt.

Und dann klettert sie tatsächlich auf das Geländer, steht für den Bruchteil einer Sekunde kerzengrade auf dem Handlauf und stürzt sich dann in die Fluten, wie Stephans Kommentar lautet. Leider taucht nur die Hauptdarstellerin unter, ihre blonde Perücke schwimmt wie ein Vogelnest auf der Wasseroberfläche.

Gelächter schüttelt die Schaulustigen. Schneider befürchtet den Abbruch der Dreharbeiten, die ihn mit jeder Stunde wohlhabender machen. Wenn jetzt nicht Ruhe einkehrt, Herrschaften, schenk ich nichts mehr aus! Kein Bier, keine Cola!

Cola erwähnt er wegen der Jugendlichen, die den meisten Lärm machen. Die Drohung wirkt, heute munden Pils und Cola besonders gut, da möchte niemand mit einem leeren Glas dastehen. Babsy Walter soll gar mit einem Eierlikör in der Hand gesichtet worden sein. Das geht in Ordnung. Heute wird gefeiert.

Schneider macht das Geschäft seines Lebens, und da beim zweiten Sprung die Perücke kleben bleibt, wird auch den Filmleuten ein Happy End beschert. Babs weint später in ihre Kissen. Wegen Norbert. Und weil sie nicht entdeckt worden ist.

Carsten hat eine wunderbare Idee: Er wird vor dem Haus auf die Straße schreiben: »Hier wohnt der Schüler Carsten Scholze mit seinen lieben Eltern und Stephan. Über ihm wohnen die lieben Großeltern. Guten Morgen!«

Warum schreibst du eigentlich nicht »lieber Bruder«? fragt Stephan.

Weil du nicht so lieb zu mir bist wie Mama und Papa und Oma und Opa.

Ich sag dir nur manchmal, daß du noch ein kleiner Junge bist und nicht alles mitmachen kannst, was ich mache. Da mußt du nicht sauer sein. Wenn du schreibst »der liebe, starke, intelligente Gymnasiast Stephan«, helf ich dir.

»Der starke Gymnasiast«, reicht das?

Wenn auf der Straße steht, daß er einen starken Bruder hat, denkt Carsten, dann werden sich die großen Jungs hüten, ihn zu ärgern. Dann kommt Stephan und verprügelt die.

Okay, »stark« ist okay! sagt Stephan. Das schreiben wir nachher, wenn niemand mehr auf der Straße ist. Hast du Kreide?

Klar, sogar bunte. »Liebe Eltern« mach ich in Rot. Na gut, »Stephan« auch.

Und »Großeltern«?

In Gold.

Es gibt keine goldene Kreide.

Gelb.

Gelb ist gut.

Nach dem Abendbrot gehen die Eltern in den zweiten Stock zu Elke Wetzel und Heinz Scholl, ihrem Untermieter. Dienstags ist ihr Canasta-Abend. Da hat Stephan auf seinen Bruder aufzupassen; heute macht ihm das nichts aus, heute spielen sie den Eltern einen schönen Streich.

Die Jungen schleichen sich aus dem Haus, was die Eltern nicht gerne sähen, knien im Lichtkegel der Laterne und zeichnen große saubere Druckbuchstaben auf den Asphalt, hoffend, daß der Großvater nicht auf den Balkon tritt, um eine Abendzigarre zu rauchen.

Man übertreibt nicht, wenn man behauptet, daß der Truseweg 2 am nächsten Morgen aufgesucht wird wie eine Wallfahrtsstätte. Aus allen Häusern kommen die Nachbarn, den

Geniestreich der Scholze-Jungs zu bestaunen. Frau Dallmann muß sanft von Jack weggeführt werden, weil sie vor Rührung einen Weinkrampf zu bekommen droht.

Jack sagt lässig: Crazy, diese Scholze-Boys – was aus seinem Munde einer Nobilitierung gleichkommt. Max Wollin sieht sich wieder einmal bestätigt in der hohen Meinung, die er von seinen Enkeln hat. Rieke Scholze steht mit ihrem Mann Hand in Hand am Fenster und schaut schweigend auf den bunten Kreidegruß. Dann küssen sie sich, wie sie sich morgens eigentlich nie küssen: innig.

Nur der Hauswart Funke ist keineswegs angetan von den Schmierereien, fordert aber nicht zur Reinigung der Fahrbahn auf, weil er mit diesem Wunsch allein dastünde. Gut fürs Trinkgeld wäre das nicht. Also bemüht sich auch dieser grobe Mensch, ein wenig Rührung zu zeigen, die ihm aber nur Else Wollin abnimmt. Die Dame Veltheim ist nämlich ein wenig verliebt in den großen, muskulösen Hauswart, da schlägt sie nach ihrer Ahnin, dem liebestollen Comteßchen.

Wenn Funke mit freiem Oberkörper die Hecken schneidet, fällt deine Mutter fast vom Balkon, sagt Scholze, und seine Frau meint: Ein bißchen peinlich ist das schon.

Max Wollin ist zu fein, darüber in der Familie zu reden. Fräulein Reeskow vertraut er seinen Ärger über diese unpassende Schwärmerei an, wenn sie alleine sind. Ist mein Bärchen etwa eifersüchtig? fragt kokett die Sekretärin und piekt ihren rotlackierten Zeigefinger in Wollins immer noch flachen Bauch.

Heute, an diesem Donnerstag, wird am Truseweg wieder einmal Geschichte geschrieben, wird es noch lange heißen: War das nicht damals, als die Scholze-Jungs ihren Eltern einen Gruß auf die Straße malten!

Die Brüder sind mit der Reaktion äußerst zufrieden, zumal es von den Großeltern ein Extra-Taschengeld gibt. Mit einem derartigen Erfolg hatten sie nicht zu rechnen gewagt.

Das nächste Mal, schwört sich Carsten, mache ich das allein! Ohne Stephan!

Nachmittags kommt der Eiswagen – und aus dem tropft es heftig. Als er wegfährt, ist der Gruß nicht mehr zu lesen.

Stephan hat seit Jahren Englisch, Carsten hat noch kein Englisch. Das gefällt ihm ganz und gar nicht. Bring mir mal was bei! fordert er. Der große Bruder erteilt ihm also Englischunterricht. Nach einem Monat kann Carsten sagen: Hallo, how are you? I'm fine. The weather is very nice. I like Berlin. Berlin is a very beautiful city. I live in Berlin. My name is Carsten Scholze. I go to school. I have a very nice brother.

Das machst du gut, lobt der.

Wollen wir nicht mal auf der Straße so reden? Dann denken die Leute, daß wir Engländer sind.

Amerikaner wär schöner, sagt Stephan. Probieren können wir es ja.

Stephan versucht, sich amerikanisch anzuziehen: Blue Jeans, weiße Socken, Hawaiihemd, kunstseidene Jacke, auf der »Rangers« steht. Schwierig gestaltet es sich, den kleinen Carsten auszustaffieren. Kurze Hosen sehen einfach nicht amerikanisch aus, und Kaugummikauen allein bringt es nicht.

Eine Sonnenbrille wird ihm auf die Nase gesetzt, ein Käppi auf die klitschnassen Haare.

Daß du keine Tramps hast, moniert der große Bruder, der selbstverständlich seine strahlend weißen knöchelhohen Turnschuhe angezogen hat, deine Sandalen sehen einfach blöd aus.

Carsten schreit seinen Bruder an: Kinder müssen Sandalen tragen, sonst bekommen sie Schweißfüße, hat Mama gesagt.

Na gut, sagt sein Bruder, du kannst mein Hawaiihemd anziehen. Er stopft es ihm in die Hose, krempelt die kurzen Ärmel hoch, zupft an dem viel zu großen Hemd herum, bis Carsten sagt: Sieht toll aus! Das Hemd guckt zwar aus den Hosenbeinen, aber das bemerken die Brüder nicht. Sie ziehen los. Im Truseweg trauen sie sich nicht, Englisch zu sprechen, dort hält sie höchstens die alte verwirrte Frau Stein für Amerikaner, aber die glaubt auch, daß noch Krieg sei. In der Innstraße schon werden sie mutiger. Eine Frau kommt vorbei. Jetzt, zischt Stephan.

Carsten sagt: Very nice!

Yes, sagt Stephan, Berlin is a very nice city. Indeed.

I live in Berlin, sagt Carsten.

Bist du doof? Als Amerikaner mußt du sagen: I live in New York.

Yes, sagt Carsten, New York is a very nice city. I live in New York.

Die Frau dreht sich mißtrauisch nach den beiden Jungs um. Das sind keine Amerikaner aus New York, das sind doch die Scholze-Jungs vom Truseweg.

Die hat uns das nicht abgenommen, sagt Carsten enttäuscht.

Die Brüder gehen zur Bushaltestelle in der Wildenbruchstraße, setzen sich bei der Apotheke auf die Fensterbank, was ein großes Pappschild hinter der Scheibe strengstens verbietet, und warten, daß jemand vorbeikommt. Ein junges Mädchen stellt sich an die Haltestelle.

Du hältst den Mund, sagt Stephan, das mache ich jetzt allein. Amerikanisch malmt er seinen Kaugummi: Hello, girl, do you want to have a chewinggum?

Was bist du denn für ein Spinner? Wenn ich einen Kaugummi will, kauf ich mir den selber.

We are from New York.

Klar, und ich bin der Kaiser von China.

Carsten sagt, um dem Bruder zu helfen: New York is a very nice city. I live in New York.

Kannste vielleicht mal deutsch mit mir reden? sagt das Mädchen zu Stephan, der ihr ausnehmend gut gefällt. Der Bus kommt.

Das nächste Mal, ruft Stephan ihr nach.

Ein älterer Mann stellt sich an die Haltestelle. Wir können es ja noch mal versuchen, sagt Carsten.

Nee, irgendwie klappt das nicht. Stephan glaubt, daß es an seinem kleinen Bruder liegt, der einfach nicht amerikanisch rüberkommt, sagt aber nichts, damit der nicht wieder anfängt zu heulen.

Das Mädchen, das in den 4er-Bus gestiegen ist, erinnert Carsten an Babsy Walter. Drum sagt er etwas unvermittelt: Babsy wackelt mit dem Arsch!

Der ältere Mann schaut zu den Jungs, keineswegs mißbilligend, nur neugierig. Stephan flüstert seinem Bruder zu: Paß auf!

Er verbeugt sich vor dem Mann und sagt: Mein Herr, entschuldigen Sie bitte, daß mein Bruder, mein Adoptivbruder, eben Arsch gesagt hat. Wir haben ihn aus einem Heim für schwererziehbare Kinder, da kann man nichts machen.

Der Mann bricht in schallendes Gelächter aus: Ihr zwei seid köstlich, nein, seid ihr köstlich. Im Zirkus solltet ihr auftreten. Der Mann greift in sein Portemonnaie, zückt einen Fünf-Mark-Schein: Das ist Vorschuß auf die Gage.

Das dürfen wir nicht, schreit Carsten.

Das dürfen wir nur nicht, wenn wir allein sind, sagt Stephan. Zu zweit kann gar nichts passieren.

Der Mann bestätigt das.

Im übrigen kenn ich euch. Ihr seid die Enkelsöhne vom alten Wollin.

Um die fünf Mark brüderlich zu teilen, gehen sie in die Apotheke und verlangen ein Vivil.

Vivil gibt es nicht, sagt die Apothekerin, das ist eine Apotheke und kein Kiosk.

Entschuldigung, sagt Carsten artig, aber vielleicht können Sie wechseln?

Ich wechsle kein Geld.

Stephan sagt: Das ist sehr schade, wir müssen nämlich die Feuerwehr anrufen. Unsere Mutter ist beim Fensterputzen von der Leiter gefallen. Die hat sich alles gebrochen.

Und schreit und schreit und schreit! ergänzt Carsten, der einiges von Großmutters Horrorszenarien gelernt hat.

Raus! sagt die Apothekerin.

Auf dem Heimweg denkt Stephan, daß sie richtig berühmt sind, sein kleiner Bruder und er. Alle kennen uns.

Da sagt Carsten: Weißt du, was schön ist? Alle haben uns gern. Die Apothekerin hat er schon vergessen.

Ja, mein Kleiner, sagt Stephan, alle haben uns gern.

Wenige Wochen nach den Dreharbeiten hält vor dem Truseweg 12 ein klappriger Lieferwagen, aus dem ein langer dürrer Mann steigt. Haare hat er kaum auf dem Kopf, obwohl er noch keine Dreißig ist. Er entlädt Tapetenrolle, Kleister, Farbeimer, Quasten, Pinsel, Leiter und Tapeziertisch.

Carsten schaut dem Mann zu: Wohnen Sie jetzt hier?

Bald, sagt der Mann, jetzt muß ich erst einmal renovieren.

Aha, sagt Carsten, Sie sind die Handwerker.

Der Mann lacht: Nein, ich bin nicht die Handwerker, aber malern kann ich.

Seit Wochen stehen die beiden Wohnungen im Parterre leer. Welche wird er gemietet haben?

Wohnen Sie rechts oder links?

Wohnen werde ich rechts mit meiner Familie.

Haben Sie Kinder?

Ja, ein Mädchen und einen Jungen.

Sind die älter als ich?

Nein, jünger.

Können die schon sprechen?

Wenn du weiter so viel fragst, habe ich Weihnachten noch nicht angefangen. Ja, die sprechen schon.

Das ist gut, dann können sie sagen, wenn ihnen der Bauch wehtut.

Du bist ein ganz Schlauer, nicht wahr?

Na, sagt Carsten bescheiden, doof bin ich nicht gerade. Ich hab nur Einsen und Zweien.

Mein lieber Junge, sagt der Mann, etwas anderes hätte ich dir nach unserem Gespräch auch nicht zugetraut, aber nun muß ich es zu meinem größten Bedauern abbrechen. Die Arbeit ruft.

Der spricht aber schön, denkt Carsten. Und sehr nett ist der. Der läßt mich bestimmt zugucken beim Streichen. Bevor Carsten geht, sagt er: Ich heiße Carsten Scholze. Ich wohne Truseweg 2. Jedem darf ich das aber nicht sagen!

Der Mann sagt: Wo habe ich nur meine Manieren? Entschuldige bitte! Ich heiße Otto Waldau, und ich wohne im Truseweg 12. Übrigens binde ich das auch nicht jedem auf die Nase.

Das ist gut, sagt Carsten, man weiß ja nie!

Carsten berichtet Mutter und Großmutter von seiner Begegnung. Ein neues Gesicht, sagt Else Wollin, wie interessant!

Dem neuen, vor Müdigkeit und Anstrengung grauen Gesicht begegnet Georg Scholze bei Schneider. Der große dünne Mann trinkt hastig ein Mineralwasser, dann noch eins, dann ein Bier. Georg, der neben ihm am Tresen steht, lacht: Das mußte jetzt sein, glaub ich.

Ich kann Ihnen gar nicht sagen, wie sehr das jetzt sein mußte. Ich hab einen ganz trockenen Hals.

Den Spruch hört man hier öfter, sagt Georg.

Bei mir stimmt es aber, ich hab stundenlang Tapeten abgerissen. Und das ist eine ziemlich staubige Angelegenheit.

Georg erinnert sich an die Beschreibung seines Sohnes (»Der ist größer als Herr Funke, der sieht aus wie eine Laterne.«): Sie sind nicht zufällig vom Truseweg 12?

Bin ich.

Ich bin bestens informiert, sagt Scholze, rechte Wohnung, Frau, zwei Kinder – und beide können schon sprechen.

Der Mann lacht: Sie sind wohl der Vater von dem aufgeweckten Kerlchen mit den großen blauen Augen?

Bin ich. Tun Sie mir einen Gefallen: Sagen Sie nie, daß Sie ihn für schlau oder intelligent halten. Ich glaube, mein Jüngster hat einen Hang zum Hochmut.

Georg lädt zu einem Bier ein. Er erfährt, daß der Mann die Wohnung ganz allein renoviert, außer Klempnern und Elektrikern könne er sich keine Handwerker leisten.

Und die Familie, fragt Georg, ist da niemand, der Ihnen hilft? Bruder, Schwager, Cousin? Was man so hat.

Hatte, und die paar, die überlebt haben, wohnen nicht in Berlin.

Entschuldigen Sie, sagt Georg verlegen, das war blöd von mir.

Gemeinsam gehen sie, einige Biere später, zum Truseweg.

Ich guck mal morgen vorbei, wenn's recht ist. Ich hab frei.

Würde mich freuen, Georg, sagt Otto Waldau.

Man duzt sich, das ging ganz schnell. Da Georg ein paar Jahre älter ist als Otto, mußte der Vorschlag natürlich von ihm ausgehen, gern wurde er angenommen. Nichts auf den Rippen, aber sehr sympathisch, denkt Georg. Warum traue ich dem nicht zu, daß er renovieren kann?

Am nächsten Tag wird Scholze eines Besseren belehrt: Otto ist geradezu eine handwerkliche Begabung. Die zwei Räume, die fertig sind, sehen aus, als hätte sie der alte Wuttke gemacht, der Malermeister aus der Roseggerstraße.

Otto, ich bin sprachlos. Wo hast du denn das gelernt?

Ich hab mir während der Ferien damit Geld verdient. Im zarten Alter von sechzehn stand ich zum ersten Mal mit einer Tapetenrolle auf einer Malerleiter. Spaß macht es mir übrigens auch, aber so ganz allein dauert's halt.

Willst du mir damit etwas sagen, Otto?

Schlau wie sein Söhnchen! sagt Waldau. Hör zu, Georg: Einen richtigen Stundenlohn könnte ich dir nicht zahlen, ich hab schlichtweg kein Geld. Aber wie wär's mit Naturalien? Meine Mutter schickt uns mehr Wurst und Schinken und Eingemachtes, als wir verdrücken können.

Glückspilz, sagt Georg, du dürftest der einzige in dieser Straße sein, der familiäre Beziehungen zum Schlaraffenland hat.

Was ich meine, ist: Ich wäre in der Lage, dich zusätzlich mit Lebensmitteln zu bezahlen. Reichlich und in bester Qualität, mein lieber Georg!

Gute Idee, Otto, ich greife dir unter die Arme, und du steckst mir die Schinken zu. Wie sagtest du so schön? Viel und gut!

Abgemacht? fragt Waldau.

Abgemacht! sagt Scholze.

Die Männer schütteln sich ernst und feierlich die Hand. Georg geht nach Hause, um sich umzuziehen. Gleich heute soll es losgehen. Seine Frau freut sich über die Abmachung, da kann sie am Haushaltsgeld sparen, und ihre Jungs sind sowieso ganz verrückt nach Wurst und Schinken.

Fleischfressende Ungeheuer nennt Scholze sie beim Abendbrot. Und Stephan sagt – so geht dieser vertraute Scherz: Wir fressen nicht nur Fleisch, wir fressen euch auch die Haare vom Kopf.

Als die Waldausche Wohnung fertig ist und die beiden Männer bei Schneider darauf ein paar Bier trinken, sagt Otto: Wenn du Lust hast, kannst du mir auch bei der anderen mithelfen.

Welche andere?

Ich hab auch die linke Wohnung gemietet.

Warum denn das? Wieviel Kinder willst du denn noch in die Welt setzen?

Keins. Aber ich brauch die Räume für die Praxis.

Welche Praxis? Willst du untervermieten ?

Ich will nicht untervermieten, ich will da praktizieren.

Daß du etwas Besseres bist, habe ich geahnt, du hinterhältiger Bursche. Aber muß es gleich Doktor sein?

Kein großes Ding, Georg, der Titel wird einem nachgeworfen.

Nein, dieser Otto! sagt Georg, was für ein verschwiegenes Kerlchen! Da wird man noch mit einigem rechnen müssen.

Wird man! sagt Waldau.

Wahrscheinlich ist Otto schon Professor, sagt Scholze zu seiner Frau.

Mutter wird sich riesig freuen, daß ihr Schwiegersohn mit einem Doktor verkehrt, sagt Rieke Scholze. Mein Schwiegersohn und der Herr Dr. Waldau sind ein Herz und eine Seele. Georg, das wird sie morgen jedem erzählen, der ihr über den Weg läuft.

Ende März sind die Praxisräume renoviert – und komplett eingerichtet mit allem, was ein Arzt braucht. Morgen bringe ich das Schild an, sagt Waldau. Willst du es mal sehen?

Waldau holt es aus einem Karton und präsentiert es seinem Malerkumpel. Der traut seinen Augen nicht: Da steht in schwarzen Emaillebuchstaben: »Dr. Otto Graf zu Waldau – Praktischer Arzt«.

Ich weiß nicht genau, warum, Otto, aber ich bin sauer auf dich, sagt Scholze.

Wieso, nur weil ich es nicht gesagt habe? Das ist unwichtig, Georg, das sagt gar nichts über mich. Als Otto Graf zu Waldau bin ich nicht anders als Otto Waldau, und der ist doch ganz nett. Gell, Georg!

Ist er, sagt Scholze versöhnt, wenn auch noch ein wenig irritiert. Ein echter Graf! Daß meine verehrte Frau Schwiegermutter das noch erleben darf, Herr Graf!

Tu mir einen Gefallen, sagt der, mach bitte daraus keine Staatsaffäre. Ich mag solche Scherze nicht. Hast du dir deinen Namen aussuchen können, Herr Scholze?

Recht hast du, Otto. Aber sage mir eines: Wie bringe ich das schonend meiner Schwiegermutter bei? Die bekommt einen Schlaganfall vor lauter Glück: Der Adel zieht in den Truseweg! Zu ihr, der Frau von Veltheim.

Veltheim? sagt Otto. Gute Familie!

Und da ist er zum ersten Mal nicht der tapetenklebende Otto, der biertrinkende Duzfreund, da ist er der Adlige, der Blaublütige, da ist er der Graf zu Waldau, dessen Stammbaum im Gotha nachzuschlagen ist.

Else Wollin steht, frisch frisiert, auf dem Balkon und hält nach ihrer Freundin Berta Ausschau, Carsten sitzt auf den Stufen des Hauseingangs und wartet auch auf Berta. Bevor sie seiner Familie und Wollins ihre Aufwartung macht, begrüßt sie zuerst die Jungs. Dabei drückt sie jedem heimlich ein Zwei-Mark-Stück in die Hand, was ihr Scholzes und Wollins strikt verboten haben. Berta, sagt Else Wollin, so dicke hast du es nicht! Und Rieke Scholze schlägt vor, daß Tante Berta den Kindern doch einen schönen Apfel mitbringen könne. Berta muß lachen: Da werden die sich herzlich bedanken! O, vielen Dank, liebe Tante Berta, für diesen wunderschönen Apfel! Seit Wochen wünschen wir uns nichts sehnlicher als einen wunderschönen Apfel. Über Geld freuen die sich, nicht über Obst. Also kam es zwischen ihr und den Jungs zu der Absprache, ihnen bei der Begrüßung unauffällig die Münzen zuzustecken.

Else Wollin späht nicht länger nach dem Besuch, sie beobachtet Herrn Funke beim Fegen. Natürlich kommen die Männer von der Stadtreinigung auch in den Truseweg, aber der Hauswart ist mit deren Arbeit höchst unzufrieden, er macht das lieber selber, vor allem samstags, wenn viele Mieter unterwegs sind. Im übrigen vermehrt seine Präsenz auf der Straße die Chance, an kleinere Aufträge zu kommen.

Herr Funke, können Sie nicht mal nach meiner Spüle sehen? Herr Funke, irgend etwas stimmt mit meinem Herd nicht. Reicht das, Herr Funke?

Und dann wechseln zehn oder zwanzig Mark den Besitzer. Else Wollin bedauert sehr, einen handwerklich begabten Schwiegersohn zu haben, der sich um alles kümmert, der alles kann und der sie deshalb um manch schöne Kontaktmöglichkeit bringt.

Da biegt Berta Barbe um die Ecke, und da fällt, genau in diesem Moment, aus dem verhangenen Himmel ein Sonnenstrahl auf den kleinen Carsten, dessen Haar aufflammt. Der Junge scheint in ein goldenes Licht getaucht wie ein Engel. Berta Barbe hat Auge und Sinn für dieses Bild, für diese Erscheinung, die nur ein paar Sekunden währt. Sie ruft Carsten zu: Du Sonnenkind, du herrliches Sonnenkind!

Und dann haucht sie ihm nach Barbe-Art einen Kuß auf die Stirn. Nun wird es dem groben Funke zuviel, ungeachtet der spendierfreudigen Frau Wollin auf dem Balkon äfft er Berta Barbe nach: Nein, aber auch, was für ein Sonnenprinzchen! Nein, aber auch, was für ein Goldkerlchen!

Funke kann nicht anders, er schneidet sich ins eigene Fleisch, verdirbt es sich mit der alten Ziege da oben, aber ein solches Getue, ein solches Theater ist ihm unerträglich, da macht er nicht mit. Jetzt gibt der Scholze-Bengel noch mehr an, dieses verwöhnte Balg.

Was ist denn in Sie gefahren? ruft Else Wollin von ihrem Balkon. Äffen Sie bitte meine Freundin nicht nach! Frau Barbé ist da sehr empfindlich! Und drohend fügt sie hinzu: Ich übrigens auch, mein lieber Herr Funke!

Funke könnte sich in den Arsch beißen: Von der sehe ich zu Weihnachten keine müde Mark mehr. Und der alte Wollin wird sich hüten, mir eine Flasche Cognac zu schenken, wenn er es sich nicht mit seiner Frau verderben will. Zerknirscht fragt sich Funke, warum er immer so schnell die Beherrschung verliert, warum er immer gleich durchdreht? Was ist schon dabei, wenn diese verrückte Zwergin den Bengel »Sonnenkind« nennt. Das muß ihn doch nicht ärgern.

Ich hab nur einen Scherz gemacht, Frau Wollin, ruft er hoch. Nicht bös gemeint.

Herr Funke, sagt die kühl, es gibt Scherze, die gelungen und solche, die mißlungen sind. Ihrer gehört in letztere Kategorie. (Funke könnte der arroganten Ziege den Hals umdrehen.) Sie verlieren sehr leicht die Fassung, Herr Funke, das habe ich leider schon oft feststellen müssen. Den Schaden haben Sie! So etwas wird hier nicht geschätzt. Guten Tag!

Else rauscht vom Balkon, um endlich ihre Freundin zu begrüßen. Die sagt: Degoutant! Elschen, halte dich fern von diesem Kretin! Als würde Else eine unschickliche Nähe zum Hauswart suchen! Berta übertreibt wie immer.

Carsten ist beunruhigt, der Zwischenfall auf der Straße hat die Geldübergabe verhindert. Wie kommt er nun an seine zwei Mark? Jetzt muß er stundenlang bei den alten Frauen sitzen und sich entsetzlich langweilen. Er kennt ihre Geschichten auswendig! Gott sei Dank geht die Großmutter aufs Klo. Berta Barbe tauscht Geld gegen Kuß, und Carsten verschwindet, bevor Else die Wasserspülung betätigt.

Morgen fege ich ohne Hemd, beschließt Funke. Vielleicht hilft's?

Ganz beiläufig, ganz unaufgeregt versucht Berta zu berichten, was ihr eine Nachbarin erzählt hat: Was mir gerade einfällt, Elschen, es gibt in München eine Schauspielerin, die Frieda Garbe heißt. Du kannst dir denken, daß ich da hellhörig werde.

Berta, ich verbiete dir, hellhörig zu werden! Ich kenne zwar diese Frieda Garbe nicht, aber ich kann dir versichern, daß es sich bei der nicht um … Berta, du verstehst, was ich sagen will.

Woher willst du das wissen?

Intuition, liebe Berta, Ahnung, Einsicht und eine gehörige Portion gesunder Menschenverstand. Meine liebe, kleine, süße Berta, du hast die Hoffnung nie aufgegeben in all den Jahren, nicht wahr?

Nie, sagt Berta.

Wie wär's mit einem kleinen Likör? schlägt Else vor. Man sagt nicht umsonst: Es ist ein Brauch von alters her …

Das hat mein Willy leider immer mißverstanden. Unsere Sorge war der Likör!

Ein Suffkopp war er, der liebe Willy. Er ruhe sanft.

Das gebe Gott! Ob mein Friedelchen auch sanft ruht?

Erneut fließen dicke Tränen. Else geht ins Herrenzimmer und holt eine Flasche Cognac, gießt ein und hält Berta das Glas hin: Das trinkst du jetzt in einem Zug, Berta! Keine Widerrede!

Eine solche zu führen, hatte Berta keineswegs vor, seit Willy-Zeiten weiß sie einen guten Tropfen durchaus zu schätzen.

Auf die Lebenden und die Toten, sagt sie pathetisch – und leer ist das Glas. Einer würde mir noch guttun. Was meinst du?

Einen gibt's noch, Berta. Aber dann stelle ich die Flasche zurück!

Berta bedient sich. Ihre Freundin ist entsetzt: Das ist kein Apfelsaft, Berta, das ist Alkohol! Willst du dich vielleicht betrinken, du unvernünftige Person?

Ja, sagt die, genau das habe ich vor.

Man darf Berta nicht reizen, denkt Else, sonst trinkt die aus Trotz die ganze Flasche. Ist alles schon geschehen. Wenn ich an die Sylvesterfeier vom Wanderverein denke, schäme ich mich heute noch für diese Frau. Nein, was hat sie nicht alles angestellt! Auf dem Tisch hat sie getanzt und die Röcke gehoben wie beim Can-Can.

Außer Else Wollin erinnert sich kaum jemand an das Fest, was daran liegen mag, daß es 1923 stattfand und daß zwei Drittel der Teilnehmer unter der Erde liegen.

Wo ist eigentlich Max? fragt Berta. Else spitzt die Ohren. Lallt ihre Freundin schon?

Heute ist Mittwoch!

Ach ja, da spielt er mit eurem Nachbarn Schach.

Zwei Stunden am Nachmittag, du naives Ding, dann geht er zu seiner Tippse.

Mit der wird er auch spielen, kichert Berta.

Sehr taktvoll, liebe Freundin. Aber recht hast du. Cognac mit Fritz, Sekt mit der Schickse.

Aus ihrem Bauchnabel, kichert Berta.

Berta, werd bitte nicht schlüpfrig! Die Details sind mir Gott sei Dank immer erspart geblieben. Hast du das mal gemacht, Sekt aus dem Bauchnabel trinken?

Ich nicht. Willy hat mir mal Sekt über meine Brüste gegossen und abgeleckt. Und dann hat er meinen Bauchnabel mit seiner Zungenspitze gekitzelt. Elschen, wir waren jung, und wir waren beschwipst.

Mein Max ist nicht mehr jung, da wird kein Sekt aus irgendwelchen Bauchnabeln geschleckt, auch nicht bei der Reeskow. Weißt du eigentlich, wie alt die ist, Berta? Das blonde Gift ist Ende Fünfzig! Die ist Null Vier geboren, was sie natürlich leugnet. Sagt die doch letztens zu uns, als der Erste Weltkrieg anfing, sei sie noch nicht zur Schule gegangen. Max und ich haben uns nur angeguckt. Liebe macht zwar blind, aber Max kennt schließlich ihre Personalakte. Die macht sich zehn Jahre jünger. Mindestens!

Ridicule! sagt Berta.

Guckt die nie in den Spiegel? Die hat mehr Falten als ich, was natürlich von ihrem Lebenswandel kommt. Rauchen, trinken und mit den Männern ins Bett ohne viel Federlesen. Richtig verlebt sieht die aus. Bei Tageslicht würdest du die nicht wiedererkennen. Die sieht aus wie eine Ruine, eine geschminkte zwar, aber das unterstreicht nur ihren Verfall. Berta, ich sage nicht Alter, ich sage bewußt Verfall!

Berta hat sich während Elses Monolog einen weiteren Cognac gegönnt. Jetzt ist ihr angenehm schwindlig: Meine Gute, echauffiere dich bitte nicht; das reißt nur alte Wunden auf. Ja, ja, Elschen, wir haben alle unser Päckchen zu tragen. Zwei Kinder habe ich in die Welt gesetzt – und wo sind die? Tot und verschollen sind die.

Bertas Weinen hat aufgrund des Alkoholkonsums zugenommen.

Der flöße ich jetzt noch einen Cognac ein, beschließt Else, dann wird sie im Sessel einschlafen. Nach Hause laß ich Berta nicht, die dreht in ihrem Zustand den Gashahn auf. Berta, du bleibst heute hier, Max wird nichts dagegen haben, wenn du im Herrenzimmer schläfst.

Elschen, du bist immer gut zu mir gewesen. Warum? Warum bist du immer wie ein Samariter zu mir gewesen, wie ein tapferer Ritter? Sage mir das!

Berta, ich doch nicht, das bringst du jetzt durcheinander, weil du betrunken bist. Max ist dein Chevalier!

Berta schluchzt: Dieser feine Mensch, dieser großzügige Mann! Immer gut zu mir, immer für mich da. Das habe ich gar nicht verdient, ich törichte alte Frau. Elschen, weißt du eigentlich, daß du mit einem Juwel verheiratet bist?

Else kann vor Rührung nicht antworten, sie weint jetzt auch ein bißchen.

Als die Freundin im Sessel eingeschlafen ist, muß sie ihren Schwiegersohn nach oben bitten. Berta, diese halbe Portion, scheint Zentner zu wiegen, allein bekommt sie die nicht auf Max' Diwan.

Georg sagt: Hier stinkt es wie in einer Kneipe! Ihr zwei alten Mädchen habt eure Nase zu tief in die Flasche gesteckt, will mir scheinen. Lebt Berta noch?

Zwei, drei kleine Cognac haben wir getrunken, sagt Georgs Schwiegermutter. Eigentlich hab ich nur daran genippt.

Weiß der Himmel, sagt Scholze, warum die Flasche plötzlich leer war. Wo ist denn dein Göttergatte?

Heute ist Mittwoch.

Verstehe! Dieser alte Gockel! Ich werd mal die Schnapsleiche rübertragen. Er droht seiner Schwiegermutter mit dem Zeigefinger: Daß mir das nicht noch einmal vorkommt, altes Mädchen.

Kokett sagt das alte Mädchen: Keine Achtung vor der Schwiegermutter, dieser Georg. Gutes Aussehen, schlechte Manieren!

Manchmal, wenn ihre Tochter nicht dabei ist, flirtet sie mit ihrem Schwiegersohn. Else und Georg lachen, lachen sich an und mögen sich. Oft passiert das nicht.

Gerecht ist das nicht, Mama.

Was denn, mein Kleiner?

Carsten sitzt auf dem Schoß seiner Mutter, die rechte Wange auf ihrer rechten Brust. Eigentlich ist er für solche

Schmusereien zu alt, im nächsten Jahr wird er zehn, aber er ist recht klein für sein Alter und sehr zierlich. Wäre er nicht so aufgeweckt und würde er nicht so schön sprechen, man hielte ihn für sieben, höchstens acht Jahre. Auf Mutters Schoß setzt er sich selbstverständlich nur, wenn der Bruder nicht da ist. Vater macht keine Witze darüber, der sagt nur: Unser Carsten ist ein richtiger Busenfreund! Und dann lacht Rieke.

Ungerecht ist das, Mama! Papa geht arbeiten und Opa nicht, aber Opa hat mehr Geld. Warum denn?

Opas Pension ist höher als Papas Gehalt.

Warum?

Opa war Prokurist, Papa ist technischer Zeichner, die verdienen nicht besonders.

Ob Papa darüber traurig ist?

Manchmal schon.

Ob Papa irgendwann mehr Geld haben wird als Opa?

Ich fürchte, nein. Das ist auch gar nicht so wichtig; wir haben, was wir brauchen. Aber ich tue halt deinem Vater leid, weil ich jede Mark zweimal umdrehen muß. Er würde uns schon gern öfter verwöhnen. Ein schickes Kleid, ein neues Fahrrad ...

Und Legosteine!

Carsten denkt nach: Weil Opa mehr Geld hat, ist auch seine Wohnung größer. So wird's wohl sein.

Gerecht ist das nicht, Mama.

Was denn diesmal, mein Kleiner?

Oma und Opa sind nur zwei, wir sind vier. Die haben fünf Zimmer, wir haben drei. Das müßte genau andersrum sein, stimmt's?

Eigentlich schon.

Warum tauschen wir nicht einfach? Wir ziehen nach oben, und Oma und Opa ziehen runter. Oder ist das zu teuer?

Sicher, oben ist die Miete viel höher, die könnten wir uns nicht leisten.

Opa kann ja zahlen, der ist reich.

Rieke lacht: Reich ist dein Opa nicht, er hat sein Auskommen. Im übrigen ist dein Vater viel zu stolz, der würde nicht eine Mark von seinem Schwiegervater nehmen, nicht einen Pfennig.

Warum? Ich nehm doch auch von Opa eine Mark.

Das ist Taschengeld, und du bist ein Kind. Dein Vater hat Frau und Kinder, und für die will er ganz allein sorgen. Georg Scholze ist ein stolzer und sehr empfindlicher Mann. Das macht ihm oft das Leben schwer.

Carsten beschließt, ein stolzer und sehr empfindlicher Junge zu werden und von Opa und Oma kein Geld mehr anzunehmen. Als ihm am nächsten Tag sein Großvater fünfzig Pfennig für ein Eis schenkt, sagt er zu sich: Stolz kann ich immer noch werden. Ich bin ja sehr jung.

Im Frühjahr 1941 heiraten Georg Scholze und Frederieke Wollin. Wenige Wochen vorher war die Parterrewohnung im Truseweg 2 frei geworden, und Max Wollin hatte sie, ohne seinen Schwiegersohn zu fragen – der war gerade in Polen –, für das junge Paar angemietet. Georg ist sehr ärgerlich, als er bei seinem nächsten Heimaturlaub vor vollendeten Tatsachen steht. Er weigert sich nur deshalb nicht, ins gleiche Haus mit den Wollins zu ziehen, weil er die Vorteile für seine Frau sieht: Sie ist in diesen unsicheren Zeiten nicht allein, und wenn später Kinder da sind, kann ihre Mutter sie unterstützen. Selbstverständlich nicht finanziell! Vor der Hochzeit hat Georg in einem heftigen Gespräch mit Max Wollin deutlich, fast grob gesagt, daß er sich jegliche Geldzuwendungen verbitte, er werde als Offizier einer siegreichen Armee durchaus in der Lage sein, seiner Frau ein komfortables Leben zu bieten. Daraufhin schlug Max Wollin die Hacken zusammen, salutierte und schnarrte »Jawoll, Herr Oberleutnant«. Das war lustig gemeint, sollte die Atmosphäre entspannen; es bewirkte aber nur, daß Georg Scholze grußlos und stolzen Hauptes das Herrenzimmer verließ und den ganzen Tag kein Wort mehr mit Max wechselte.

Wenn ich mich mit Georg streite, denkt Rieke und streichelt Carsten, der auf ihrem Schoß eingeschlafen ist, dann immer nur wegen meinen Eltern. Wir sollten uns nach einer anderen Wohnung umsehen. Zwei Generationen unter einem Dach, das geht in den seltensten Fällen gut. Glücklich war Georg nie über die Wohnsituation.

Ich könnte mir ganz gut ein Leben ohne Mäxchen und Elschen vorstellen, seit 1941 sagt Georg das. Und er sagt es nicht selten.

Georg mag seine Schwiegereltern nicht. Max hält er für einen Gockel, Aufschneider, Schaumschläger, Geck – und für einen alten Nazi. Wahr ist, daß Wollin 1935 in die NSDAP eintritt und wenige Monate später zum Prokuristen befördert wird. Wahr ist, daß die PGs alle kostenloses Personal haben, junge Mädchen, die ihr Pflichtjahr absolvieren. Und wahr ist auch, daß Else Wollin noch immer jenen Zeiten nachtrauert, in denen sie ein Dienstmädchen hatte, die kleine Ilse. Ist es auch wahr, daß Wollin, Jahre nach dem Krieg, zu seinem Freund Fritz Strehlow sagt: Die haben Furchtbares angestellt, die SS-Männer, aber schneidig sahen sie aus in ihren schwarzen Uniformen. Oder ist das der törichten Else herausgerutscht, oder hat das irgend jemand gesagt, und Georg ordnet das nur falsch zu?

Als Scholze im Frühjahr 1943 auf einem Heimaturlaub den Krieg für verloren erklärt, sagt sein Schwiegervater: Wenn du nicht der Mann meiner Tochter wärst, würde ich dich anzeigen! Nie hätte ich gedacht, Georg, daß es unter den deutschen Offizieren Defätisten gibt! Ich schäme mich für dich!

Vergessen hat das Georg Scholze nie, da hilft auch nicht, daß Max Wollin ein umgänglicher, freundlicher, humorvoller Mann ist, der, im Gegensatz zu seiner Frau, keine Launen kennt, nicht hysterisch wird bei der kleinsten Gelegenheit, nicht nörgelt oder meckert, nicht hochnäsig daherkommt und vor allem sich nicht in die Erziehung der Enkelkinder einmischt. Wollin bemüht sich aufrichtig um seinen Schwiegersohn, aber der sieht halt diese Mühe und verzichtet dankend. Kühl und korrekt ist das Verhältnis der beiden Männer, sie streiten sich noch nicht einmal, so fern sind sie sich.

Seine Schwiegermutter nennt Scholze »die Verrückte aus der Beletage«, da schwingt Sympathie mit. Das alte Mädchen hat auch liebenswerte Seiten. Durchaus.

Carsten freut sich, wenn es regnet, dann muß er nicht draußen mit Peter Lenz spielen, seinem besten Freund, der leider auch sein einziger Freund ist, ein scheuer dicklicher Junge, noch braver, noch höflicher, noch zuvorkommender als Carsten. Der hätte gern einen richtig frechen Jungen zum Freund, einen, der nach der Schule nicht artig nach Hause geht, sondern sich herumtreibt, einen, der auf die höchsten Bäume steigt, der seine Schularbeiten nicht macht und bei Klassenarbeiten abschreibt. Fluchen sollte dieser Freund und die schlimmsten Schimpfwörter kennen. Die Erwachsenen müßten vor ihm warnen und darauf achten, daß ihre Kinder einen großen Bogen um ihn machen. Und dieser Freund sollte nicht so blitzsauber, so frisch gebadet aussehen wie Peter Lenz, der nie schmutzige Fingernägel hat, nie einen Fleck auf dem Hemd, nie einen Dreiangel in der Hose. Viel Auswahl hat Carsten nicht; es gibt, außer Peter, im Truseweg keine Kinder seines Alters, und die fünfzehn-, sechzehnjährigen übersehen ihn schlichtweg, gehen an ihm vorbei, als wäre er Luft. Die großen Jungs rauchen und gucken sich Fotos von nackten Frauen an, die haben Rennräder und Kofferradios und geben damit an, in der Pubertät zu sein.

Mit dem kleine Scholze können sie nichts anfangen. Der fragt immer nur: Warum dies, warum das? Und ständig erzählt er, was er alles weiß und daß er das beste Zeugnis in seiner Klasse hat. Wenn jemand zu ihm sagt: Du bist doof!, dann antwortet er: Das glaube ich nicht. Ich hab nur Einsen und Zweien. Und du?

Die Tatsache, daß er einen großen Bruder hat, den alle

toll finden, bewahrt ihn vor Hänseleien und Gemeinheiten. An Carsten traut sich niemand ran. Nur wenn er mit Sylvia vom vierten Stock Hopse spielt, rufen sie: Carsten ist ein Mädchen, Carsten ist ein Mädchen! Aber vorher schauen sie, wo Stephan steckt.

Der einzige Jugendliche, der mit Carsten verkehrt, ist Ralf Dallmann, der Zweitgeborene des Generalagenten. Ralf stottert, nicht besonders schlimm, aber bei ihm kommen die Wörter mühsam aus dem Mund, nach zwei, drei Anläufen. Es ist, als würden sie über die Lippen stolpern. Carsten zieht ihn damit nicht auf, auch Stephan nicht; deshalb mag er die Scholze-Jungs, die lachen wenigstens nicht über ihn und äffen ihn nicht nach.

Ralf, das erzählt er aufgeregt und daher unverständlich, hat von einer Tante ein altes Tonbandgerät geschenkt bekommen, mit Mikrophon, Bändern und allem Drum und Dran. Damit kann man tolle Sachen machen, sagt Stephan.

Ich nicht, sagt Ralf, ich stottere.

Wenn du singst, stotterst du nicht. Wir könnten Schlager aufnehmen.

Und du, was würdest du aufnehmen, Stephan?

Hörspiele.

Richtige Hörspiele?

Klar, und die verkaufen wir an den RIAS. Krimis reißen sie dir aus der Hand.

Und Geistergeschichten, sagt Carsten, der den Hörfunkmarkt auch recht gut zu kennen scheint.

Und was mach ich dabei? Schließlich ist es mein Tonband.

Du wirst unser Tonmeister.

Aber ich stottere, sagt Ralf, dem der Arbeitsbereich eines Tonmeisters nicht bekannt ist.

Tonleute müssen nicht einen Piep sagen, die sind für die Technik und die Produktion verantwortlich. Das sind ganz wichtige Leute, sag ich dir, und ganz viele von denen stottern viel schlimmer als du.

Woher weißt du das?

Wir waren mal mit der Schule beim RIAS, den ganzen Nachmittag. Da habe ich allerhand mitbekommen.

Ralf, Carsten, Stephan und Günni, ein Klassenkamerad vom Gymnasium, gründen einen Tonband-Club. Lange suchen sie nach einem fetzigen Namen. Die allzu intellektuellen Vorschläge von Stephan finden keinen Anklang: Neukölln-Kanal-Zwei, dieses Wortspiel (Truseweg 2, Neuköllner Schiffahrtskanal!) überfordert sie. SFBIAS finden sie bescheuert. Carsten schlägt vor: Tonband-Club für Kinder und Jugendliche, wird aber keiner Reaktion gewürdigt. Plötzlich sagt Ralf: Ich hab's. »Funkquartett«! Wir nennen uns das »Funkquartett«.

Verwundert schauen Stephan, sein Kumpel und Carsten den errötenden Ralf an. Stephan haut ihm auf die Schulter und sagt: Mensch, Ralf! Super, absolut super! Hiermit ernennen wir dich zum Chef des Quartetts – und natürlich zum Tonmeister.

Stephan wird Hörspieldirektor, Günni Produktionschef, Carsten ist General-Stellvertreter, ein Titel, den sich Ralf hat einfallen lassen, um Carsten zu trösten, dem man vergessen hatte auch ein Amt anzutragen.

Günni sagt: Und wer schreibt die Hörspiele?

Auch daran haben sie nicht gedacht. Carsten sagt: Wenn ich so groß wäre wie Stephan, würde ich das machen. Ganz gruselige Geistergeschichten würde ich aufschreiben.

Die Jungen nicken schweigend, Carsten trauen sie das zu.

Die rettende Idee kommt von Stephan: Wir gehen in die Jugendbücherei und gucken, ob es Bücher gibt übers Hörspielmachen.

Hörspielproduzieren, korrigiert ihn Günni.

Man verabredet sich für den nächsten Tag. Fünfzehn Uhr, Erlangerstraße, Jugendbücherei.

Das müßte man eigentlich notieren, sagt Ralf. Wir brauchen einen Terminkalender. Und dann fällt ihm ein, daß jeder Selbständige, jeder Händler und Unternehmer spezielles Briefpapier benutzt: Geschäftsbriefpapier.

Brauchen wir auch, wird einstimmig beschlossen. Günni kann gut zeichnen, der wird Entwürfe vorlegen. Der Briefkopf soll lauten: »Funkquartett – Das Studio Ihres Vertrauens!«

Stephan erklärt: Ohne Werbung geht heutzutage nichts mehr. »Studio Ihres Vertrauens« bringt Kunden. Wartet's ab!

Welche Adresse geben wir denn an?

Deine, Ralf. Du bist der Boss.

Und meine, fordert Carsten.

Nein, das sieht blöd aus: Truseweg 2, Truseweg 4. Ku'damm wäre eine tolle Adresse.

Wir könnten jemanden fragen, der am Ku'damm lebt. Vielleicht läßt der uns seine Adresse benutzen.

Gar nicht mal so doof gedacht, Kleiner, sagt Stephan.

Der vernünftige Günni erinnert daran, daß es bisher nur ein gebrauchtes Tonband gibt und nicht eine Zeile Text.

Das klären wir morgen in der Bücherei, sagt Stephan. Für heute ist erst einmal Feierabend.

Ich bin Stellvertreter, erzählt Carsten den Eltern.

Stellvertreter? Von wem denn, mein Junge?

Von allen!

Pünktlich treffen sich die Clubmitglieder in der Jugendbücherei. In der Abteilung »Hobby und Freizeit« finden sie tatsächlich Bücher für den »Tonbandfreund«, was Stephan furchtbar kindisch findet; etwas professioneller könnten die Titel ruhig klingen.

Da Carstens Lesefreudigkeit und -geschwindigkeit allseits bekannt ist – wofür der Junge seit Jahren emsig gesorgt hat –, wird einstimmig beschlossen, er möge die Bücher durcharbeiten. Beim nächsten Clubtreffen hat er seinen Bericht vorzulegen, der auch mündlich vorgetragen werden darf. Das schlägt Stephan vor, um seinem kleinen Bruder nicht allzuviel aufzubürden.

Ralf, der seine Kumpel immer mehr verblüfft – er stand

nicht gerade in dem Ruf, besonders helle zu sein –, trägt eine Idee für ein Hörspiel vor. Bei jedem zweiten Wort verhaspelt er sich furchtbar, aber die Jungen nicken ihm aufmunternd zu, und Stephan sagt: Keine Eile, Ralf. Laß dir Zeit.

Also: Das Hörspiel hat den Titel »Der Todeskuß der Biggy Wolter – Eine Geschichte aus dem grausamen Neukölln«. Nicht übel, sagt Günni. Wahnsinn, sagt Stephan, sensationell! Carsten schüttelt sich: Uuhh, das ist gruselig.

Und darum geht's: Eine blonde Siebzehnjährige wird eines Nachts vom Teufel heimgesucht. Der fährt in sie und befiehlt ihr, künftig nur noch Böses und Grausames zu tun. Vor allem aber soll sie Jungen anlocken, die sich in sie verliebt haben. Die schleppt sie dann in den Vorhof der Hölle, wo sie gebraten und genüßlich vom Teufel und seiner Höllenbrut verspeist werden. Die furchtbare, blutrünstige, auf immer verdammte Biggy Wolter haust in einer als harmlose Wohnung getarnten Folterkammer im Traseweg an den Ufern eines Kanals, dessen Namen niemand in den Mund zu nehmen wagt, weil in ihm eine gefährlich gefräßige Schlange lebt, die geheim bleiben will.

Noch immer würde Biggy, die eigentlich Satana, die Schreckliche heißt, ihrem mörderischen Handwerk nachgehen, gäbe es nicht diesen blendend aussehenden, klugen und tapferen Rolf Tollmann, der zwar ein ganz klein wenig lispelt, aber sonst mit körperlichen, geistigen und charakterlichen Vorzügen überreich beschenkt ist. Der macht der blonden Hexe den Garaus, obwohl sie ihm ewige Liebe und wilde Leidenschaft verspricht, wenn er sie nicht in den Heizungskeller schleppt, um sie dort in den Ofen zu werfen, der übrigens von einem Höllenhund namens Funke-Fanke am Brennen gehalten wird. Ein letztes Mal, die Klappe zum Ofen ist bereits geöffnet, versucht Biggy Wolter mit allen diabolischen Tricks der Verführungskunst den Helden zu betören. Küß meinen roten Mund, flüstert sie, saug an diesen gierigen Lippen. Tu mit mir, wonach dir gelüstet! Sieh meine geilen Brüste!

Aber Rolf, der Retter vom Traseweg, von Neukölln und wahrscheinlich von ganz Berlin, kann sich beherrschen. Er weiß: Der Kuß der Biggy Wolter ist der Kuß des Todes! Ende.

Sekundenlang sagen Carsten, Günni und Stephan kein Wort, auch der ältere Bibliothekar, der heimlich zugehört hat, ist sprachlos. Aus Ralf (er kennt die Jungen beim Namen) wird einmal ein großer Dichter, sagt er laut, damit es alle hören können. Stephan räuspert sich: Da haben Sie recht, Herr Weck. Das war schlichtweg supersuperwunderbar! Günni, der Vernünftige, der Maßvolle, drückt Ralf schweigend die Hand. Carsten freut sich, daß er verstanden hat, wer Biggy Wolter ist. Er weiß auch, warum Ralf dieses Hörspiel schreiben will. Vor einiger Zeit hat Babsy Walter ihn abblitzen lassen, weil er stottert. Mit einem, der Stunden braucht, bis er »Ich liebe dich« herausbringt, möchte sie nicht gehen. Da lachen sie all ihre Freundinnen aus, und davor hat Babsy richtig Angst.

Stephan sagt: Ralf Dallmann, du bist der unbarmherzigste Racheengel, den Gott je auf die Erde gesandt hat. Vor dir muß man sich fürchten.

Mit blitzenden Augen sagt der, und nicht ein Wort mißglückt ihm: Ihr nicht! Ihr seid meine Freunde.

Abends im Bett denkt Carsten an Funke-Fanke, den Höllenhund. Da wird es ihm ganz unheimlich. Den gibt es zwar nur in Ralfs Hörspiel, aber vielleicht weiß der über Herrn Funke mehr als alle anderen im Truseweg. Vielleicht hat er ihn im Heizungskeller beobachtet, wo er mit dem Teufel Opas Weihnachtscognac trinkt und finstere Pläne ausheckt. Vielleicht will Funke ihn an Jungenhändler verkaufen und nach Afrika verschleppen. Es wird sie nämlich doch geben, die Männer, die kleine Jungs entführen. Mit einem hübschen und schlauen Kind wie ihm, denkt Carsten, wird man viel Geld verdienen können, mindestens eine Million. Seine Furcht wächst, und laut sagt er in die Dunkelheit: Im Kanal lebt keine Schlange, den Schwarzen Mann gibt es nicht, und Hexen sind nette alte Frauen, die nur ein bißchen erschrecken wollen.

Richtig böse sind die nicht. Langweilig ist es denen, weil sie keine Familie haben. Deshalb schleichen sie sich nachts in die Kinderzimmer und machen gräßliche Geräusche. Sie stöhnen wie Gespenster, meckern wie Ziegen, grunzen wie Schweine, bellen wie Hunde. Und ein gruseliges Kichern lassen sie hören, wenn sie mit ihren langen Hexenfingernägeln am Bettpfosten kratzen.

Ein bißchen Zwicken und Zwacken würden sie gern, aber die Kinder haben sich alle eingerollt in ihre Bettdecken, und die schützen wie eine Ritterrüstung. Carsten erinnert sich: Früher, als er noch klein war, taten ihm die Hexen leid. Niemand hat sie gern, und sie sind mit ihrem Buckel und der Warze auf der Nase so abstoßend, daß keiner sie anschauen möchte. Niemand spielt mit ihnen, sie haben nicht einen Freund. Carsten bot den Hexen seine große Zehe an, die er unter der Bettdecke hervorgucken ließ. Da können sie ruhig ein bißchen zwicken und zwacken und müssen sich nicht im Dunkeln langweilen. Manchmal spürte er, wie eine Hexe seine Fußsohle kitzelte und an seiner Zehe sog, aber hinzuschauen traute er sich nicht. Weil Hexen so häßlich sind, schätzen sie das nämlich nicht. Heute, wo er fast zehn Jahre alt ist, weiß er natürlich, daß er sich das alles nur eingebildet hat, so, wie Ralf sich den Höllenhund Funke-Fanke eingebildet hat. Aber das hilft Carsten in dieser bangen Nacht nicht weiter. Der echte Herr Funke ist auch ein böser Mann. Der schimpft mit den Kindern, wirft ihnen im Zorn sein großes Schlüsselbund ins Kreuz, droht mit Jugendamt und Polizei und verpetzt jeden Streich, den die großen Jungs ihm spielen. Kinder mag Funke nicht, deshalb hat er auch keine, worüber Carsten froh ist. Die armen Kinder würden wenig Süßigkeiten bekommen und viel Schläge.

Seitdem Berta Barbe Carsten ein Sonnenkind nannte, ist Funke noch gemeiner zu Carsten als je zuvor. Wenn er ihn trifft, höhnt er: Ach, da kommt ja unser Sonnenkind. Oder: Sieh mal an, die Sonne geht auf im Truseweg. Oder: Wo habe ich nur meine Sonnenbrille? Er sagt das nicht laut, er beugt sich zu ihm hinunter und zischt ihm die Wörter ins Ohr.

Carsten könnte das seinen Eltern oder Großeltern erzählen, aber dann ist Funke wütend auf ihn und rächt sich, wenn er allein auf der Straße ist oder mit Peter Lenz spielt, der ihm nicht beistehen könnte. Sein Freund hat eine derartige Angst vor dem Hauswart, daß er am liebsten davonrennen würde, wenn der auftaucht. Vielleicht erzählt Carsten seinem Bruder, was Funke macht; dann denkt Stephan sich etwas furchtbar Gemeines aus, und dann wird Funke schon sehen, was er davon hat.

Der Hauswart, jeder weiß es, trinkt. Darauf setzt Carsten seine Hoffnung. Eines Tages wird der besoffen in den Kanal fallen und verschlungen werden von der gefräßigen Schlange. Vielleicht kann Carsten seinen Großvater überreden, Funke zu Weihnachten nicht nur eine, sondern drei Flaschen Cognac zu schenken. Dann braucht er nicht in den Kanal zu fallen, dann säuft er sich – ruckzuck – zu Tode.

Mit diesem tröstlichen Gedanken schläft der Junge ein. Im Korridor brennt Licht, und die Tür zu seinem Zimmer steht einen Spalt weit auf. Was kann da groß passieren!

Wenn Georg Scholze nach Hause kommt und seine Familie begrüßt hat, spielt er mit seinem Jüngsten ein Spiel. Er befiehlt barschen Tons: Bringe er mir die Zeitung! Stelle er meine Aktentasche weg! Hole er mir die Hausschuhe! Oder er fragt seine Frau: Was haben die Himmelhunde heute wieder angestellt? Irgendwelche Klagen, Mutter Scholze?

Carsten übernimmt es zu antworten: Nein, Majestät! Die Untertanen waren alle brav. Da haben sie sich eine schöne Belohnung verdient, denke ich. Nun wieder Scholze: Er soll nicht denken; er soll dienen! Ein anderes Spiel geht so: Carsten fragt, wie es auf der Arbeit gewesen sei, und sein Vater antwortet, er habe geschuftet wie eine Hafendirne. Dann ruft der Junge: Mama, hast du gehört, Papa hat geschuftet wie eine Hafendirne! Frederieke fällt zur Freude des Sohnes und des Mannes jedesmal darauf rein und sagt streng: Hafendirne! Ich muß doch sehr bitten! Georg, wie kann man nur in Gegenwart eines Kindes ein derartiges Wort in den Mund nehmen.

Was eine Hafendirne ist, hat sie ihrem Sohn so erklärt: Die tanzt die ganze Nacht mit den Matrosen und trinkt Likör. Kein schlechtes Leben, denkt Carsten, spät aufbleiben dürfen und Eierlikör naschen. Den hat er einmal heimlich probiert und war sehr angetan von dem süßen, scharfen Geschmack.

Es gibt auch Abende, da hat Scholze gerade mal einen knappen Gruß für seine Familie und verschwindet mit den Worten »Ich leg mich hin« im Schlafzimmer. Den ganzen Abend sieht man ihn nicht, und die Kinder und die Frau gucken sich betreten an. Papa hat heute nacht wieder vom Krieg geträumt, sagt Frederieke, klitschnaß war er, als er aufstand. Und gestöhnt hat er im Traum, daß mir angst und bange wurde. Bleib doch zu Hause, habe ich heute morgen zu ihm gesagt, aber ihr kennt ja euren Vater, der geht noch auf allen vieren zur Arbeit.

Hauptmann a. D. Scholze hat einen wiederkehrenden Traum: Er träumt von Soldaten, die in einen Zug eingeschlossen sind, der in Flammen steht. Er träumt von dem Geruch verbrannten Fleisches und er sieht, wie seine vor Hunger wahnsinnigen Männer den Zug stürmen wollen. Hauptmann Scholze läßt die Waggons von Soldaten mit schußbereiten Waffen umstellen. Seid ihr verrückt geworden? ruft er. Wollt ihr zu Kannibalen werden? Und dann weint er im Traum. Damals vor Woronesch hat er auch vor Verzweiflung und Angst geweint, und es waren nicht die Gewehre, die den Soldaten Einhalt geboten.

Diesen Traum wird Scholze nicht los; er weiß, den wird er

noch träumen, wenn er sonst alles vergessen hat. In seinem Kopf gibt es keinen Frieden, wochenlang herrscht Waffenstillstand, aber dann brechen die Kämpfe eines Nachts wieder auf, und Scholze stürzt in seine Erinnerungen. Viele Stunden dauert es, bis er wieder herausfindet. Zu seinem ältesten Sohn hat er einmal gesagt: Daß wir im Krieg nicht alle wahnsinnig geworden sind, verstehe ich bis heute nicht. Warum wir mitmachten, warum wir die Befehle befolgten, daß wir geschwiegen haben und uns blind stellten, dafür gibt es keine Entschuldigung, aber vielleicht eine Erklärung. Stephan, warum sind wir nicht alle durchgedreht?

Manchmal denkt Frederieke, daß ihr Mann auch ein Kriegsversehrter sei. Einer, dem zwar kein Arm oder Bein fehlt, der aber auch etwas verloren hat, etwas, das man nicht sieht.

Auf den langen Radtouren, die Scholze mit seinem Sohn Stephan macht, erzählt er oft vom Krieg. Wenn die beiden nebeneinander fahren, fällt ihm das leichter als beim sonntäglichen Kaffeetrinken, aus dem Stephan oft ein Verhör macht (Wie konntet ihr? Habt ihr nicht gesehen? Ihr wußtet doch Bescheid!).

Weißt du, was ich in den ersten Kriegsjahren geglaubt habe? Daß wir siegen werden natürlich und daß der Staat seine tapferen Offiziere mit Landgütern an der Wolga belohnt. Ich sah mich hoch zu Roß durch die Weizenfelder reiten. Ich habe zu deiner Mutter gesagt: Mädchen, nach dem Krieg geht es uns blendend.

Scholze kommt nicht los vom Krieg, von den Kameraden, die er hat fallen sehen, von denen, die überlebt haben. Unter seinen Freunden ist nicht einer, den er zu Friedenszeiten kennengelernt hat. Auch von diesen Treffen kommt er nicht los, von den einmal im Monat stattfindenden Zusammenkünften ehemaliger Berufssoldaten. Jedesmal ärgert er sich dort über die alten Kommißköpfe und die selbsternannten »Helden«, aber er geht immer wieder hin. Am letzten Mittwoch eines jeden Monats zieht er seinen besten

Rock an – das Wort Jackett benutzt er nicht, das bleibt den Zivilisten vorbehalten –, und dann taucht er ab in seine Vergangenheit.

Was suchst du da? fragt seine Frau.

Antworten! Er sucht nach Antworten, aber das klingt ihm zu pathetisch. Er sagt: Man kann reden. Mit ein paar Männern kann man reden.

Als Scholze im November '45 aus Krieg und britischer Gefangenschaft zurückkehrt, geschlagen, ausgemergelt, in einem zerschlissenen staubigen Wehrmachtsmantel, löchrigen Schuhen und einem Hemd ohne Kragen, da will sich bei seiner Schwiegermutter keine rechte Freude über die glückliche Heimkehr einstellen. Betrogen und düpiert fühlt sie sich. Sie sieht plötzlich in ihrem Schwiegersohn einen Hochstapler, der unter Vorspiegelung falscher Tatsachen in ihre feine Familie eingeheiratet hat.

Herausgeputzt kommt er daher, der fesche Leutnant. Bei seinem Antrittsbesuch trägt er eine schicke Ausgehuniform, küßt Else Wollin galant die Hand und nennt sie »gnädige Frau«.

Was für ein schöner Mann! Mittelgroß und blond, breitschultrig und schmalhüftig. Kräftige, feingliedrige Hände, stolzes Kinn – und er bewegt sich wie ein Athlet. Else kommt nicht umhin festzustellen, daß sie sich in den Freund ihrer Tochter verguckt hat.

Dem jungen Offizier mit den tadellosen Manieren und dem Aussehen eines Bilderbuchdeutschen darf man Frederieke getrost anvertrauen. Sie wird in Offizierskreisen verkehren, Teegesellschaften für die Gattin des Kommandeurs geben, mit den Damen ausreiten, Zeichenunterricht nehmen und im Offizierscasino Loewe-Balladen vortragen. Georg wird seine Generalstabsverwendung bekommen und in großen Dienstwagen neben Generälen sitzen. Ein Leben, das der Vornehmheit nicht entbehren wird, wartet auf ihre

Tochter. Bei aller Liebe zu französischen Wörtern dürfte Berta Barbe von einer Messalliance zu sprechen weder Grund noch Anlaß haben, freut sich Else Wollin. Rieke heiratet nicht unter ihrem Stand. Diesem jungen, etwas schüchternen Leutnant vertraut man die eigene Tochter – das Nesthäkchen, das Prinzeßchen – gern an. Das wird ihr Mann nicht anders sehen.

Der verspürt erst einmal einen Anflug von Neid und Eifersucht, wenn er Scholze anschaut. Wie kleidsam ist doch eine Uniform! Und wie blendend sieht man aus, wenn man jung ist! Ein schönes Paar geben die beiden ab, Prinzeßchen und ihr blonder Held.

Sehen Sie immer so elegant aus, Herr Leutnant? fragt Wollin lächelnd, oder robben Sie auch dann und wann durch Dreck und Modder?

Öfter, als mir lieb ist, Herr Wollin. Die Ausgehuniform dürfen wir nur bei besonderen Anlässen tragen.

Und heute ist ein solcher, Herr Leutnant?

Ich glaube schon, Herr Wollin. Heute lerne ich die lieben Eltern von meiner Rieke kennen.

Die errötet, wie es sich gehört. Georg fragt sich, ob er nicht zu weit gegangen sei. »Meine Rieke«, das war unklug.

Prompt sagt Wollin: Ihre Rieke, Herr Leutnant? Bitte sehr, aber Sie werden nichts dagegen haben, wenn das Mädel auch noch ein bißchen die Unsere bleibt.

Nun errötet Scholze. Else sagt: Max, mach bitte den Herrn Leutnant nicht verlegen! Der soll sich bei uns wohlfühlen.

Ich zweifle nicht daran, daß er einen kleinen Scherz zu schätzen weiß. Nicht wahr? fragt Max.

Gewiß, Herr Wollin. Auch ist mir die Ironie nicht fremd, gnädige Frau, machen Sie sich um mich bitte keine Sorgen. Ich fühle mich sehr wohl in Ihrem Haus!

Mit einer männlich-anmutigen Bewegung will Scholze seine Worte unterstreichen, stößt aber dabei mit der harten Stulpe seines Ärmels eine Kaffeetasse um. Scholze erstarrt, wird kreidebleich und bekommt kein Wort heraus. Frederieke lacht hell auf, Wollin lächelt fein, Else spitzt die Lippen.

Das muß bei einem Antrittsbesuch passieren, Herr Leutnant, das gehört einfach dazu.

Ja, sagt Else, und ein gutes Omen ist es auch!

Wofür denn, mein allwissendes Elschen? fragt ihr Mann.

Schlagfertig sagt sie: Für das Glück unserer jungen Leute. Schau nur Max, wie verliebt Prinzeßchen ihren Georg anschaut.

Das ist mir nicht entgangen, sagt Wollin etwas säuerlich.

Verzeihen Sie mein Mißgeschick, gnädige Frau, Scholze deutet eine Verbeugung an.

Welches Mißgeschick? antwortet die Dame des Hauses souverän, während ihre Tochter kichernd den Kaffee von der Tischdecke tupft.

Wissen Sie, was mir passiert ist bei meinem Antrittsbesuch im Elternhaus von meinem Elschen?

Sie haben gleich die ganze Kanne umgeworfen?

Max muß herzlich lachen: Bravo, Herr Leutnant, ich freue mich feststellen zu dürfen, daß Sie über Witz verfügen.

Über Witz und Esprit! ergänzt Else, einer schönen Übertreibung nie abhold.

Nein, die Kaffeekanne war es nicht, ich bekam vor Aufregung einen derartigen Schluckauf, daß ich minutenlang nichts sagen konnte und, statt Konversation zu betreiben, leise Rülpser von mir gab. Ich hätte sterben mögen. Erinnerst du dich, Else?

Die erinnert sich natürlich nicht, den Schluckauf hat Max gerade erfunden. Georg lacht dankbar über Wollins Anekdote, zweifelt jedoch an ihrem Wahrheitsgehalt.

Kaffee? fragt Else Wollin.

Cognac! schlägt ihr Gatte vor. Und ein Likörchen für die Damen, wie die Herren Offiziere sich auszudrücken belieben.

Beliebten, Herr Wollin. Zu Kaisers Zeiten. Wir versuchen, diesen Casinoton zu vermeiden.

Wie schön, daß unsere Soldaten moderne Menschen sind. Neue Zeit, neue Armee! sagt Max. Haben Sie etwas dagegen, wenn ich Sie nicht mit Ihrem Rang, sondern mit Ihrem Namen anrede?

Keineswegs, ich wollte Sie darum bitten.

Bitte jewährt, schnarrt Wollin. Stehnse bequem, Scholze!

An meinem Max ist ein Komiker verlorengegangen; zu gern macht er Leute nach. Keiner ist vor ihm sicher.

Vortrefflich gelingt ihm das, gnädige Frau.

Nix da, gnädige Frau! Mir reicht ein freundliches Frau Wollin.

Bemerken Sie, mein lieber Scholze? Das Eis beginnt zu tauen! Übrigens ist meine liebe Frau heilfroh über das O in Ihrem Namen. Ein Herr Schulze hätte keine Chance bei ihr!

Die Damen erheben sich, um in der Küche einen Imbiß vorzubereiten. Nichts Aufwendiges, ein paar Häppchen, ein kleiner Salat, erklärt Frau Wollin, Herr Scholze müsse aber keine Angst haben, satt werde er allemal. Ein Vielfraß sei er nicht, entgegnet Georg. Junge Leute müssen essen, sagt Wollin, zumal Sportsmänner wie der Herr Leutnant. Hänflinge in Uniform würden sie nachts unruhig schlafen lassen, erklärt Else, sie habe die Soldaten lieber groß und kräftig. Schließlich seien Deutschlands Feinde auch keine halben Portionen.

Irritiert schaut Scholze auf die Mutter seiner Freundin. Ist das ernst gemeint? fragt er sich, oder ist das nur eine weitere Demonstration der in diesem Hause permanent zelebrierten Ironie?

Wollin bittet ins Herrenzimmer, das im »arabischen« Stil eingerichtet ist. Diwan, Rauchtisch, Teppiche auf dem Boden und an den dunkelgrünen Wänden, riesige Kissen, schwere Ledersessel, viel Messingzierat, bordeauxrote Samtvorhänge, eine Wasserpfeife aus geschliffenem Kristall, Lampen mit bunten Glasschirmen und ein sehr hoher Bücherschrank aus einem Holz, das Scholze nicht benennen könnte. Wollin sieht den fragenden Blick des jungen Mannes.

Wenge ist das, der Schreibtisch auch, sagt er. Hat mir mein Schwager angefertigt – zu einem Freundschaftspreis übrigens. Wenge ist unbezahlbar für einen kleinen Angestellten wie mich.

Nun untertreiben Sie aber, Herr Prokurist, denkt Georg, und ist von dessen gespielter Bescheidenheit unangenehm berührt. Was stört ihn an Riekes Eltern? Dieses vornehme Gehabe und Getue, diese Attitude, der in einem Prokuristenhaushalt leicht etwas Lächerliches anhaften kann. Richtig auf die Nerven geht Scholze jedoch dieser permanente Schlagabtausch im Gespräch, dieses Scherzen und Witzeln, dieses ununterbrochene Produzieren von Bonmots. Herr und Frau Wollin haben etwas Unechtes und Gestelztes. Mehr Schein als Sein, das ist es, was ihn stört. Umgänglich wollen sie sein, aber sie führen Umgänglichkeit nur vor, die der besseren Leute, die der gehobenen Kreise. Sie spielen die Freundlichkeit, mit der sie dem jungen Mann seinen Antrittsbesuch erleichtern wollen. Lieb gemeint, denkt Georg, aber furchtbar anstrengend. Nein, er fühlt sich im Hause seiner zukünftigen Schwiegereltern nicht wohl.

Daß er Frederieke heiraten wird, versteht sich von selbst, das muß eigentlich nur noch aus gesellschaftlicher Gepflogenheit offiziell verkündet werden. Natürlich wird es einen Heiratsantrag geben, die Bitte um die Hand der Tochter, und natürlich wird der schnieke Leutnant in seiner schnieken Ausgehuniform antreten, mit einem großen Blumenstrauß in der Hand für die Dame des Hauses und einem Kasten Konfekt für das Fräulein Braut. Schwitzen wird er, erröten, sich verhaspeln und vor Glück leuchten. Comme il faut! Beim ersten Zusammentreffen wird allen schnell klar, Georg und Frederieke gehören zusammen, ob das den Eltern gefällt oder nicht.

Und, gefällt das denen?

Viel Geld hat so ein kleiner Offizier nicht. Unverblümt und geradeheraus fragt Wollin: Sagen Sie, Herr Scholze, kann man mit dem Sold eines Leutnants eigentlich eine Familie ernähren. Reicht das? Sie sehen ja selbst, wie wir hier leben. Reich sind wir nicht, noch nicht einmal wohlhabend, was Sie bitte nicht meiner Frau sagen, die glaubt das nämlich, aber wir müssen uns in der Tat keine Sorgen machen, finanziell sind wir abgesichert. Und, mein lieber Herr Scholze, das wollen Sie bitte bedenken, wir haben unserer Tochter kaum einen Wunsch abschlagen müssen. Verwöhnt haben wir unser Prinzeßchen nach Strich und Faden, wie ich leider zugeben muß.

Georg ist auf dieses Gespräch gut vorbereitet. Auf dem Weg von der Kaserne zum Truseweg hat er noch einmal rekapituliert, was auf entsprechende Fragen zu antworten sei. Ohne Zögern und Stocken sagt er selbstbewußt und mit einer feinen Prise Ironie: Ja, bei Leutnants geht es ein bißchen knapp zu. Aber wer haushalten kann, kommt selbst mit diesem Sold über die Runden. Vergessen Sie bitte nicht, Herr Wollin, Offiziere werden befördert. Hauptleute bekommen ein schönes Geld.

Unterstützt Sie Ihre Familie, Herr Scholze?

Verzeihung, aber von meiner Familie ließe ich mich nur in der Stunde allergrößter Not unterstützen. Wenn der Hunger größer ist als der Stolz.

Wollin sagt: Da wird man, befürchte ich, lange bei Ihnen warten müssen. Sie sind ein stolzer junger Mann, was meinen beiden Damen, nebenbei gesagt, ausnehmend gut gefällt. So, mein lieber Scholze, jetzt reden wir nicht mehr über Geld, und ehrlich gesagt fühle ich mich verpflichtet, mich bei Ihnen zu entschuldigen. Ich habe das Thema etwas zu direkt, und vor allem entschieden zu früh angeschnitten. Wir handeln schließlich heute nicht den Ehevertrag aus.

Heute nicht, lächelt Georg.

Machen Sie meine Frederieke glücklich, sagt Wollin mit feuchten Augen, versprechen Sie mir das!

Aus tiefstem Herzen verspreche ich das, sagt Georg mit rauher Stimme. Sie ist das Liebste, was ich hab auf Erden. Scholze besinnt sich: Verzeihung, das ist mir so rausgerutscht.

Schön haben Sie das gesagt, Herr Leutnant, lacht Wollin. Wenn Sie nicht befördert werden, schreiben Sie sentimentale Liebesromane. Dafür scheinen Sie eine Begabung zu haben.

Georg schweigt.

An meine Art von Humor muß man sich gewöhnen, gell, Herr Scholze? Lassen Sie sich von mir bloß nicht ins Bockshorn jagen.

Ich bemühe mich, Herr Wollin. Frederieke hat mich ganz gut vorbereitet auf Sie.

Das dürfte eher eine Warnung vor diesem alten Quatschkopf von Vater gewesen sein. Kommen Sie, die Damen haben serviert.

Bei den kleinen Häppchen handelt es sich um Platten mit kaltem Braten, Geflügel und geräuchertem Fisch, um verschiedene Schinken- und Wurstsorten, um Käse und Obst. Eine gekühlte Gurkensuppe eröffnet die Mahlzeit.

Else Wollin sagt: Sonntags hat unsere Ilse frei, da essen wir nur mittags warm.

Das sieht alles sehr lecker aus, gnädige Frau, sagt artig der Herr Leutnant, der nach zwei Cognac aufpassen muß, nicht zu lallen.

Keine Förmlichkeiten! Georg, hauen Sie rein! Auf meine Frau achten Sie bitte nicht! Die tut bei Tisch, als würde sie wie ein Spatz essen. In der Küche müßten Sie mein Elschen erleben, da schaufelt sie die guten Sachen nur so in sich hinein.

Elschen ist beleidigt: Manchmal, mein lieber Max, sind deine Scherze sehr grob.

Georg und Frederieke schauen sich an, sie wären in diesem Augenblick gern woanders.

Am Müggelsee im hohen Schilf.

Warum Jakob Dallmann den Ruf weghat, ein Halbstarker zu sein, wüßte im Truseweg niemand zu sagen. Jack trägt zwar eine schwarze Marlon-Brando-Lederjacke, enge Jeans, weißes T-Shirt, weiße Socken und weiße Tramps, falls er nicht in seinen Motorradstiefeln umherstolziert. In den Hüften wiegt er sich; ohne Kaugummi im Mund wird man ihn schwerlich antreffen; er kämmt seine Haare wie Elvis und – das gilt als total amerikanisch – öffnet beim Sprechen kaum den Mund. Das soll halbstark sein? Für den Truseweg reicht das allemal.

Er ist kein Rowdy, der Älteste vom Schnapsvertreter, er ist einfach auf dem falschen Kontinent geboren. Einer wie er gehört nach New York oder Texas; einer wie er ist zu wild für den Truseweg, der ist für die Route 66 geboren, für die heißen Maschinen, für die Feuerstühle von Harley Davidson.

Zu seinem achtzehnten Geburtstag kauft sich Jakob ein Moped. Die Eltern sehen das nicht gern, sie kennen ihren Sohn. Wenn er ihn auch nur einmal angetrunken auf diesem Ding sehe, sagt Herr Dallmann, könne er das Moped gleich dorthin zurückbringen, wo er es herhabe. In den ersten Wochen geht es ganz gut; Jack klaut nicht mehr die Pröbchen aus Vaters Musterkoffer und schleppt mit seinen Kumpels keine Bierkästen mehr in den Wildenbruchpark. Jack entsagt dem Alkohol.

Der Lonesome Rider lädt die Kinder und Jugendlichen auf sein Moped, wird plötzlich gesellig, spricht mit Stephan und Babsy, klemmt sich den kleinen Carsten zwischen die Oberschenkel und fährt mit ihm am Kanal entlang bis nach Kreuzberg. Man beginnt, Jack zu mögen, diesen selbsternannten Ami, der gar nicht mehr so verschlossen und wortkarg daherkommt. Jack taut auf.

Ist doch reizend, wie dieser Jakob sich entwickelt, lobt

Else Wollin. Neuerdings grüßt der freundlich, trägt einem die Taschen hoch, betrinkt sich nicht und spuckt nicht mehr auf die Straße (was auch als total amerikanisch gilt). Ich freue mich für Frau Dallmann, die hat viel Kummer gehabt mit ihrem Ältesten.

Aber dann tauchen die Kumpels wieder auf, die sich nach dem Mopedkauf zurückgezogen hatten, weil sie sich mit ihren Fahrrädern vor Jack genierten. Auch sie haben jetzt Maschinen, auch sie können jetzt einen Höllenlärm machen, wenn sie vom Weigandufer in den Truseweg einbiegen. Abend für Abend stehen vor Dallmanns Haus fünf, sechs Mopeds und deren johlende Halter, was weder Jacks Eltern noch dem Hauswart gefällt. Auch Else Wollin erschreckt der Gedanke, von Halbstarken umzingelt zu sein.

Höre auf meine Worte, sagt sie zu ihrem Mann, wenn wir nicht aufpassen, leben wir bald in einer Hochburg des Rowdytums.

Dallmanns, Funke, Wollins, die älteren Leute, vertreiben Jack und seine Gang. Sie werden nicht mehr gesehen, und die dörfliche Stille kehrt wieder ein im Truseweg.

Wenn Carsten nachts aufwacht, leicht ist sein Schlaf, schaut er aus dem Fenster. Er sieht dann Jack vorfahren, der sein Moped an die Laterne kettet. Manchmal schwankt Jack ein bißchen, ist unsicher auf den Beinen.

Auweia, denkt Carsten, Jack trinkt wieder.

Auch Dallmanns entgeht das nicht. Jack muß sich von seinem Moped trennen. Zwanzig, dreißig Zettel klebt Ralf, der seinem Bruder diese Schmach ersparen will, an die Laternen und Bäume in der Nachbarschaft. »Moped umständehalber abzugeben«. Jeder kennt die Umstände, jeder versteht, diese Annonce zu lesen. Die öffentliche Demütigung schmerzt Jack mehr als der Verlust seines Feuerstuhls, den er an einen Lehrling aus der Roseggerstraße verkauft. Der knallharte Jack bekommt feuchte Augen, als er die Fahrzeugpapiere aushändigt, was den Käufer sagen läßt: Kannst dir das Ding jederzeit ausborgen.

Eines Abends macht er das. Jacks Kumpel fahren vor und bieten ihm an, auf dem Sozius mitzufahren. Jack läßt sich jedoch lieber in die Roseggerstraße bringen, und nachdem er ein paar Worte mit dem Lehrling gewechselt hat, braust er davon. So laut röhrt seine Maschine, daß man es noch im Truseweg hört.

Als gegen Mitternacht ein Funkwagen vor dem Haus 4 hält, weiß Carsten, der auf der Fensterbank hockt, daß etwas Furchtbares passiert ist. Am nächsten Tag weiß das jeder. Jakob Dallmann ist mit seinem Moped unter einen Lastwagen gekommen. Jack Dallmann, der Halbstarke, der einsame Wolf, ist tot. Alle trauern um ihn, die Frauen öffentlich, die Jugendlichen heimlich.

Jacks Eltern werden von einem Schmerz erfaßt, der ihnen schier den Verstand raubt. Sie ziehen die Vorhänge zu, lassen die Jalousien herunter, gehen nicht ans Telefon und an die Tür. Sie verschwinden von der Bildfläche. Ralf wird nicht zur Schule geschickt, Herr Dallmann geht nicht arbeiten, seine Frau nicht einkaufen. Familie Dallmann schließt sich ein.

Man muß etwas unternehmen, Herr Funke, haben Sie nicht Schlüssel für alle Wohnungen? sagt Else Wollin. Sie sollten nachschauen. Wer weiß, was da los ist. Vielleicht haben Dallmanns Selbstmord begangen.

Funke sagt: Nun machen Sie mal die Pferde nicht scheu, Frau Wollin! Ich kann doch nicht einfach in deren Wohnung auftauchen. Die brauchen Ruhe. Mit uns wollen die jetzt nichts zu tun haben. Ein, zwei Tage warten wir noch ab, und dann sehen wir weiter.

Aber muß der Junge nicht mal an die Luft? sagt sie. Den darf man doch nicht einsperren bei diesem herrlichen Wetter.

Als es am dritten Tag nach dem tödlichen Unfall noch immer kein Lebenszeichen von Dallmanns gibt, beschließen Funke, Frau Wollin, Scholzes und die Bewohner vom Truseweg 4, die Wohnung aufzubrechen. Noch immer wird auf Klingeln und Klopfen nicht reagiert, bleibt das Telefon stumm, sind die Jalousien heruntergelassen. Rieke Scholze sagt, sie werde es noch einmal an der Tür probieren. Sie geht hoch in den zweiten Stock und klopft leise an die Tür.

Frau Dallmann, Herr Dallmann, kann ich Ihnen irgendwie helfen? fragt sie durch den Briefschlitz. Wollen Sie nicht aufmachen? Wir sind alle in Sorge.

Hinter der Tür ein Geräusch. Ich bin's, flüstert Ralf, ich darf aber nicht aufmachen. Meine Eltern heulen nur noch. Die wollen niemanden sehen.

Aber du mußt doch zur Schule, mein Junge.

Papa hat mich entschuldigt.

Hol bitte deinen Vater an die Tür. Machst du das? Frederieke richtet sich auf. Da wird die Tür geöffnet. Wortlos geht Frau Dallmann auf Rieke zu, umarmt sie und wird von Weinkrämpfen geschüttelt, die ihr den Atem nehmen. Minutenlang geht das so, und Riekes Schulter ist ganz naß. Sie streicht Jacks Mutter übers Haar, wortlos.

Mein Junge ist tot, mein Junge ist tot!

Ja, Frau Dallmann. Ich sag Ihnen, der ganze Truseweg ist traurig. Ihren Jakob haben alle gemocht.

Das war doch kein schlechter Junge. Ein bißchen wild war er.

Das sind alle jungen Leute, sagt Frederieke. Wollen wir nicht reingehen und eine Tasse Kaffee trinken?

Ja, sagt Frau Dallmann.

Wo ist denn Ihr Mann? fragt Rieke.

Der schläft nur noch, und wenn er wach wird, nimmt er seine Tabletten; und dann schläft er wieder und schläft und schläft. Ich halte das nicht mehr aus! Seit … seit …

Seit der Nachricht, sagt Frau Scholze.

Seit der Nachricht hat er kein Wort gesprochen. Ich glaube, der will nicht mehr leben.

Lassen Sie ihm noch ein bißchen Zeit. Wenn er morgen nicht aufsteht, bitten Sie Dr. Waldau vorbeizuschauen. Ich kann mich auch darum kümmern. Darf ich mal auf Ihren Balkon?

Alles in Ordnung, gibt sie den Nachbarn, die unten auf der Straße warten, pantomimisch zu verstehen. Laut zu rufen, daß alles in Ordnung sei, will ihr unpassend erscheinen.

Jack hat keine Schuld! sagt Ralf. Der Lastwagen ist viel zu schnell gefahren; und die Vorfahrt hat er ihm genommen! Der hat Jakob überhaupt nicht gesehen, einfach überfahren hat er ihn! Frau Scholze, die Polizei sagt, daß Jack nichts getrunken hatte. Nicht einen Tropfen!

Du stotterst ja gar nicht, mein Junge.

Ich weiß, sagt Ralf.

Ralf fertigt eine Skizze von dem Unfallort an, sucht in einer alten Spielzeugkiste nach einem Lastwagen und einem Motorrad und zieht los. Er klingelt bei den Nachbarn und sagt: Ich wollte nur mal zeigen, wie es passiert ist. Und dann setzt er seine Modellfahrzeuge auf den DIN-A4-Bogen und erklärt den Ablauf des Unglücks. An der Karl-Marx-Straße, Ecke Rollbergstraße läßt er Auto und Motorrad kollidieren. Jakob hatte Vorfahrt, Jakob war nicht betrunken, jeder bekommt das zu hören, und jeder muß antworten: Aber ja, Ralf. Die Polizei hat das schließlich bestätigt!

Erst dann verabschiedet er sich, um weitere Nachbarn aufzusuchen.

Im Truseweg 2 hat er viel zu tun, da beginnt er bei Scholzes, geht hoch zu Wollins, klingelt bei den Damen Herbst, zwei alten Jungfern, und Herrn Raabe, dem Druckereibesitzer. Der sagt: Ich kümmere mich um die Traueranzeigen. Dafür will ich nichts haben, sag das deinen Eltern! Das ist sozusagen mein Kranz.

Frederieke Wollin geht von Tür zu Tür, mit einer Kondolenz- und Spendenliste. Viel Geld kommt zusammen. Ein Kranz wird Jakob aufs Grab gelegt, der aussieht, als sei er für den Bürgermeister.

Wenn Ralf vom Unfall berichtet, ist seine Rede flüssig, nicht einmal verhaspelt er sich. Spricht er jedoch von etwas anderem als Vorfahrt und LKW und Alkohol, stottert er erbärmlicher als je zuvor. Er kann über anderes nicht reden, die Worte verweigern sich ihm. Schwitzend, stockend, mit jeder Silbe kämpfend, schlägt er den Freunden vom »Funkquartett« vor, ein Hörspiel über Jakob zu machen. »Mein Bruder Jakob« soll es heißen. Geht nicht, sagt Stephan, das klingt wie dieser Kanon, leise singt er ihn vor: »Bruder Jakob, Bruder Jakob, schläfst du noch, schläfst du noch?« Günni fällt in den Gesang ein, Carsten, und auch Ralf singt mit, zögernd zwar und kaum hörbar, aber ohne zu stottern.

Zurück zum Titel, sagt Günni, um keine weiteren Peinlichkeiten und Gefühlsausbrüche aufkommen zu lassen.

Carsten schlägt vor: »Jack und sein Moped«.

Alle Achtung, rufen die großen Jungs, das hat was!

Wir arbeiten mit Rückblenden, sagt der kundige Stephan. Dann gibt es auch eine Rolle für Jack, der tot ist und eigentlich nichts mehr sagen kann.

Wieder fängt Ralf an zu schluchzen. Carsten leistet ihm Gesellschaft. Günni und Stephan schauen verlegen auf ihre Schuhspitzen.

Und wer schreibt das Hörspiel? fragt Ralf, der sich und Carsten mit einem ziemlich dreckigen Taschentuch die Augen trocknet.

Wir, sagt Carsten, wir alle!

Schade, daß ich nicht Jack spielen kann, sagt Ralf. Der hat ja … anders gesprochen als ich.

Wir lassen ihn einfach ein bißchen stottern, das darf man machen als Autor. Künstlerische Freiheit nennt man das.

Ehrlich? fragt Ralf. Aber sagt dann nicht jeder, das soll Jakob Dallmann sein? Der hat überhaupt nicht gestottert!

Deinen Bruder kennt man nur im Truseweg. Die Hörer in Kladow und Steglitz wissen das doch nicht.

Denen kann man alles erzählen, sagt der altkluge Carsten.

Genau, sagt Günni, und aus dem Moped machen wir eine Harley Davidson.

Mit der Absicht, über das Hörspiel nachzudenken, endet

das Treffen des »Funkquartetts«. Der Titel steht fest: »Jack und seine Harley Davidson«.

Peter Lenz und Carsten Scholze sitzen auf den Stufen zum Hauseingang Nr. 2. Sie unterhalten sich über Skalare, Schildkröten und den Tod.

Eine Schildkröte muß lange Winterschlaf halten, erklärt der Tierfreund Peter. Die darf nicht gestört werden in ihrer Kiste! Also rausnehmen und füttern geht nicht, dann stirbt sie. Ist mir passiert.

Ich weiß, sagt Carsten. Im letzten Jahr, stimmt's?

Ja, sagt Peter, noch immer zerknirscht. Mein Papa war ganz schön sauer, daß ich sie nicht in Ruhe gelassen habe. Obwohl, dem sterben auch manchmal seine Fische weg, besonders die Skalare, die er züchtet. Die halten überhaupt nichts aus.

Aber schön sind sie, sagt Carsten, der ab und an die Zierfische füttern darf.

Weißt du, wie man Leute nennt, die ein Aquarium haben?

Na?

Aquarianer! Mein Papa hat sogar ein Zeitschrift, die so heißt: »Der Aquarianer«.

Peter Lenz gilt nicht als dumm, aber ein bißchen langsam ist er; viel langsamer als Carsten. Der ärgert sich, daß ihm das Wort nicht bekannt war.

Carsten wechselt das Thema: Ein schöner Mist ist das mit diesem Jakob Dallmann. Wenn der nicht verunglückt wäre, hätte ich jetzt ein Fahrrad. Letzte Woche wollte mir mein Opa eins schenken. Meine Eltern waren einverstanden, und Oma hätte auch kein Theater gemacht. Aber nach dem Unfall hat Papa gesagt, für einen neunjährigen Jungen ist das zu gefährlich. Und Mama meinte: Was alles passieren kann, haben wir ja gesehen. Jetzt kriege ich erst eins, wenn ich auf die Oberschule komme.

Peter rechnet nach: Mensch, das dauert ja drei Jahre! Hoffentlich lebt dein Opa dann noch, sonst gibt es wieder kein Fahrrad.

Daran hat Carsten noch nie gedacht: Daß sein Großvater sterben kann, wenn er noch ein Kind ist. Erwachsene, das ist bekannt, haben keine Großeltern, weil sie halt selber ziemlich alt sind. Aber ein Kind, das hat doch einen Großvater und eine Großmutter.

So viel älter als ich ist mein Opa gar nicht, sagt Carsten. Der wird bestimmt hundert.

Möglich, sagt Peter, Schildkröten werden auch uralt. Zweihundert Jahre!

Weiß ich, sagt Carsten, Papageien sogar dreihundert Jahre!

Was? sagt ungläubig Peter. Das glaub ich nicht.

Doch! Das habe ich gestern gelesen.

Ich bin mit Jack heimlich Moped gefahren. Du auch?

Klar, sagt Carsten, bis nach Kreuzberg. Wenn das meine Eltern wüßten. Au weia! Schließlich hätten wir auch unter einen Lastwagen kommen können.

Dann wären wir jetzt mausetot, sagt Peter.

Meine Großeltern haben ein Testament. Da steht drin, wer was bekommt.

Das ist gut, sagt Peter, dann gibt es wenigstens keinen Streit. Was kriegst du denn?

Opas Wasserpfeife.

Mehr nicht?

Und zehntausend Mark!

Das glaube ich nicht. Jetzt spinnst du, Carsten. Na, ich frag einfach deinen Opa.

Das macht man nicht, das ist schlechtes Benehmen! Du kannst doch nicht zu meinem Opa sagen: Guten Tag, Herr Wollin! Wieviel Geld haben Sie eigentlich auf der hohen Kante?

Auf der hohen Kante?

Ja, so sagt man. Carsten freut sich, daß er Peter Lenz etwas erklären kann. Hohe Kante ist so was wie ein Sparbuch.

Hast du Geld auf der hohen Kante?

Klar, ich kleb doch Briefmarken, das machen alle in der Klasse.

Reicht's schon für ein Fahrrad?

Nee, sagt Carsten, noch lange nicht.

Die Jungen schweigen, bis Peter sagt: Das ist wirklich ein Mist mit diesem Jakob.

Das ist sogar Scheiße! sagt Carsten.

Verblüfft schaut ihn Peter an. Der muß sich ganz schön ärgern, denkt er. Scheiße sagt er nämlich nie. Peter riskiert das Wort auch: Ja, eine richtige Scheiße ist das!

Carsten würde gern richtig gemein fluchen, aber ihm wollen keine häßlichen Wörter einfallen.

Das schöne Fahrrad. Er hatte schon eins ausgesucht.

Eine Dame wie Else Wollin gehört eigentlich nach Dahlem oder Grunewald. Neukölln gilt als Arbeiterbezirk, als Gemeinde der kleinen Leute. Jedem Berufszweig stellt man ein »klein« voran: kleine Handwerker, kleine Gewerbetreibende, kleine Angestelle, kleine Beamte. Groß oder großartig ist in Neukölln nichts. Else Wollin kann sich damit nicht abfinden, schon vor Jahrzehnten hat sie sich deshalb aufgeschwungen zur Anwältin des geschmähten Bezirks.

Neukölln ist nicht Neukölln, geht ihre Rede. Da gibt es Viertel, die sich voneinander unterscheiden wie Tag und Nacht. Ich sage nur Rollbergstraße, ich sage nur Truseweg. Rollbergstraße: Alkoholiker, Rabauken, Rowdys, zweifelhafte Frauenzimmer, verwahrloste alte Männer, rachitische uneheliche Bälger. Nachts darf man sich nicht auf die Straße wagen, das Verbrechen lauert in jedem Hauseingang!

Der Vierer fährt durch das Rollbergviertel, Gott sei Dank dauert das nur ein paar Minuten, und zum Trost gereicht Else Wollin, daß er dann das feine Neuwestend ansteuert. Der Bus schlägt eine Brücke zwischen zwei guten Gegenden, dem Neukölln der Else Wollin und dem Berliner Westen. Wenn man einen Platz bekommt oben in der ersten Reihe, schaut man, geschützt von Glas und Metall, auf die Kriminellen herunter und kann sich in der Gewißheit wiegen, daß es zu keinem gefährlichen oder auch nur unpassenden Kontakt kommen wird.

Soweit die Rollbergstraße nach Else Wollin.

Im Truseweg wohnen die besseren Leute, die feinen Leute, sogar vornehme Leute haben sich hier niedergelassen. Da gibt es den alten Herrn Adam – von den Gebildeten Dorfrichter Adam genannt –, einen pensionierten Richter vom Kammergericht. Georg Scholze behauptet, daß der »liebenswürdige Greis« noch in den letzten Kriegsmonaten Deserteure an die Wand stellen ließ. Beweise liegen ihm aber nicht vor. Scholze kann nicht mehr tun, als dem Richter den Gruß zu verweigern. Begegnen sich die beiden Männer, schauen sie aneinander vorbei mit starren Gesichtern. Herr Adam ist von Else Wollin in die Kategorie feiner alter Herr eingeordnet worden. In der findet sich auch Herr Adler, der Fabrikant. Ihm gehört die Druckerei am Weigandufer kurz vor der Treptower Brücke. Unübersehbar ist das, an einer Brandmauer prangt ein meterhoher Adler, über dessen Kamm in mannshohen Lettern ADLER steht und unter seinen Krallen DRUCKEREI. Carsten gefällt das ausnehmend gut, das will er als Erwachsener auch haben, eine Mauer, auf der sein Name und sein Beruf stehen: Carsten Scholze – Kommandeur der Berliner Wasserschutzpolizei. Großvater klärt ihn aber auf, daß das allzu ungewöhnlich wäre, üblich sei diese Art von Werbung nur bei Fabriken, Versicherungen und Marika Rökks Schönheitscreme. Carstens Entgegnung, daß die Leute sich freuen würden, wenn er für sich Werbung machte, läßt der Großvater nicht gelten.

Mein lieber Junge, sagt er nicht ohne Strenge, man wirbt nicht für sich! Man läßt sich umwerben! Und dann schmunzelt er in sich hinein, denkt an seine wilden goldenen Jahre, an die Avancen der Frauen.

Wer soll mich denn umwerben? fragt Carsten. Ach, denkt er, Opa weiß auch nicht alles. Ich werde meinen Namen schon irgendwo hinschreiben, und zwar ganz groß!

Nach moralischen Gesichtspunkten darf man Herrn Adler nicht beurteilen. Er hat ein Verhältnis mit der Pflegerin, die sich um seine bettlägrige Frau kümmert. Georg Scholze sagt: Erst bettet sie Frau Adler, dann Herrn Adler. Eine gewisse Bewunderung, so etwas wie Futterneid schwingt da mit, Georg ließe sich von der drallen Pflegerin auch gern in die Kissen drücken. Herrn Adler grüßt er respektvoll. Scholze mag den alten Feger, nicht nur, weil er zu den Jungs großzügig ist. Es vergeht kein Weihnachten, kein Ostern, an dem er nicht Frederieke zwei Umschläge zusteckt. Zwanzig Mark für Stephan, zwanzig Mark für Carsten. Gegen diese Geldgeschenke hat Georg nichts einzuwenden; sie beleidigen ihn nicht. Else Wollin schätzt Adler auch, gern hätte sie engeren Kontakt zu dem Fabrikanten, aber der hat mit der Druckerei, seiner kranken Frau und deren Betreuerin alle Hände voll zu tun.

Des Umgangs mit den Damen Herbst müßte man sich auch nicht genieren. Die eine, Praxeda, hat Latein und Griechisch unterrichtet, die andere, Wilhelma, war Directrice in einem Modesalon in der Uhlandstraße. Kategorie folglich: feine alte Damen. Sehr zurückhaltend leben die Schwestern, kaum, daß sie das Haus verlassen. Sie haben einen Neffen, der sich rührend um sie kümmert. Sonntags fährt er mit dem Auto vor, das ihm seine Tanten geschenkt haben, hilft ihnen fürsorglich in den Fond und macht mit ihnen die schönsten Ausflüge. Auf dem Beifahrersitz sieht man häufig wechselnde junge Männer, alle schön wie der junge Morgen. Großvater nennt sie die »Epheben des Herrn Herbst«. Eine Andeutung, die zu verstehen Else Wollin sich weigert. Das sind bestimmt junge Kollegen.

Ja, sagt Max, aus der Herrenbar.

Gerhardt Herbst errötet jedesmal, wenn er Stephan begegnet. Ganz schnell huscht er an dem vorbei, um bloß nicht in den Verdacht zu kommen, dem hübschen Burschen schöne Augen zu machen. Aber Stephan und seine Eltern haben nichts gegen 175er. Scholze sagt: Aussuchen kann sich das niemand. Wer die Frauen liebt, hat Glück gehabt. Die Homosexuellen haben's nicht leicht. Frederieke Scholze ist der Meinung, daß man diese armen Menschen nicht verachten dürfe, ihre Gegenwart solle man aber nicht unbedingt suchen. Ein nettes Wort – jederzeit! Enge Kontakte – nimmer! Stephan sieht das alles gelassen; ihm schmeichelt, daß er von dem eleganten Herrn Herbst wahrgenommen wird. Endlich mal jemand, der nicht permanent über die Jugendlichen meckert. Solange ihm Herbst nicht an den Hintern grabscht, kann er gucken, wie es ihm Spaß macht. Tut niemandem weh.

Max Wollin fragt sich, ob die Zurückhaltung der Damen Herbst etwas mit der Veranlagung ihres Neffen zu tun hat. Er fände das töricht. Herbst ist tadellos gekleidet und hat tadellose Manieren. Gott, was will man mehr? Viele Männer können damit nicht aufwarten. Zu gern wüßte Wollin, wie alt der Neffe ist. Schwer ist das zu schätzen, jedes Alter zwischen dreißig und fünfzig ist möglich, hängt ab von Herbstens Tagesform. Manchmal schwingt er sich mit Elan aus dem Auto – dann sitzt neben ihm ein neuer Ephebe; manchmal quält er sich aus seinem Opel Kapitän, als hätte er es im Kreuz. Dann kommt er allein, und niemand ist auf der Straße. Man muß es wohl so sagen: Der Neffe wird flotter, straffer, jugendlicher mit jedem Augenpaar, das auf ihm ruht. Schauen die Augen gar aus dem rosigen Antlitz eines Jünglings, straft der Neffe die Zeit Lügen. Dann ist er dreißig und keinen Tag älter. Ein Phänomen, denkt Max Wollin, der stundenlang über Aussehen und Auftreten nachdenken kann, über das Bild des Menschen, über dessen Erscheinung. Der Ästhet respektiert den Ästheten. Wollin hat es nicht zu kümmern, was Herbst in seinem Schlafzimmer treibt. Der verführt keine Knäblein, seine Beifahrer sind nie jünger als Anfang Zwanzig. Ein herrliches Alter bei jedem Geschlecht, denkt Wollin wehmütig. Und er denkt mit Wehmut und Zärtlichkeit an Fräulein Reeskow, die gut und gern die Mutter der Herbst-Epheben sein könnte.

Über Eduardo Lehnmann hat Else Wollin bisher kein endgültiges Urteil fällen können. Lehnmann ist Künstler und aus diesem Grunde nicht nach herkömmlichen, alltäglichen Maßstäben zu messen. Kein Künstler ist normal, sagt Else, sonst wäre er nicht Künstler. Sie gesteht ihnen zu, mehr zu trinken als andere – normale – Menschen, mehr Geliebte zu haben, mehr Nächte durchzufeiern, das Geld zum Fenster hinauszuschmeißen und Schulden zu machen. Das alles ist Else Wollin zu akzeptieren bereit, wenn die Künstler wahre Kunst machen. Repräsentative Bilder versteht sie darunter, Gemälde für Salon und Herrenzimmer; eingängige Melodien, die sonntags im Wunschkonzert gespielt werden, das Deklamieren von Goethe-Versen bei Matinees im Schiller-Theater, das Verfassen von Romanen, die in gehobenen Kreisen spielen und keine »Stellen« haben, wie Else literarische Schlüpfrigkeiten zu nennen beliebt. Auch kann der Vortrag von »Ach, ich hab sie ja nur auf die Schulter geküßt« Kunst sein, obwohl hier bereits die Grenze zur Frivolität erreicht ist.

Nun ist dieser Eduardo Lehnmann – geborener Ede Lehmann, wie Max Wollin spottet – zwar ein Komponist, was ein ungewöhnlicher und durchaus ehrenwerter Beruf sein kann, aber er komponiert, nach eigener Aussage, mit nicht mehr als zwölf Noten. Theoretisch habe er das bei Josef Matthias Hauer, praktisch bei Paul Hindemith gelernt.

Verehrte Frau Wollin, sagt Lehnmann mit kaltem Stolz, ich bin Neutöner, Zwölftöner, ich bin nicht Puccini oder Millöcker!

Else erschließen sich diese Worte nicht gänzlich. Sie sagt zu Lehnmann: Ich bin eine einfache Frau, davon verstehe ich nichts. Mitsingen kann man wohl nicht bei Ihnen, vermute ich? Herr Lehnmann, ich habe den Verdacht, daß Sie mir zu modern sind.

Gereizt sagt Eduardo: Diesen Verdacht kann ich bestätigen. Mit dem »Land des Lächelns« kann ich leider nicht aufwarten.

Ich höre auch Loewe-Balladen, sagt Else Wollin beleidigt.

Da gratuliere ich Ihnen aber zu Ihrem exquisiten Geschmack, sagt Lehnmann, der sich wieder einmal verkannt sieht. Diese dumme Pute, denkt er. »Sieh, Herr, ich hab nichts vergeudet, sie blieb von alleine stehen«, das wollen sie hören, diese Spießer und Kleingeister. Tut mir leid, damit kann ich nicht dienen. Meine Uhr geht anders!

Else Wollin berichtet ihrem Mann, der Komponist sei ein ziemlich arroganter Mann, verbittert vom Mißerfolg, neidisch auf die Klassiker, ein Scharlatan, der anscheinend nur zwölf Noten beherrsche. Man stelle sich vor: Zwölftonmusik! Da sei ihr die Tausendtonmusik eines Beethoven schon lieber. Den Chor der Gefangenen hätte der mit einem Dutzend Noten sicherlich nicht komponieren können.

Nachtragend ist Else Wollin nicht, zu hoch ist ihre Achtung vor dem Künstlertum. Deshalb fällt sie kein Urteil über Lehnmann. Komponist ist Komponist. Und wer statt eines Klaviers einen Flügel besitzt, zeigt Stil.

Wovon lebt dieser Lehmann eigentlich? fragt Max Wollin, der sich beharrlich weigert, den Musiker korrekt anzureden.

Max, wo hast du nur deine Augen? Seine Frau hat Geld, das sieht man.

Die ist älter als er, nicht wahr?

Mindestens fünfzehn Jahre. Wenn das mal reicht.

Die hat sich also einen jungen Künstler gekrallt und spielt die Mäzenin.

Mein lieber Max, sagt Else, es gibt Menschen, die zusammen sind, weil sie sich lieben.

Unsinn, das ist ein Zweckbündnis. Er wird alimentiert, sie darf seine Muse sein. Nicht die schlechteste Grundlage für eine harmonische Ehe. Eine Hand wäscht die andere.

Wie zynisch du sein kannst! Die Frau vergöttert ihren Eduardo. Man muß blind sein, das nicht zu sehen.

Max Wollin hat schlecht geschlafen, dauernd mußte er raus. In streitlustiger Stimmung ist er heute morgen erwacht.

Gereizt sagt er: Else, das verstehst du nicht. Ich bleibe dabei, Lehmann ist ein Gigolo!

Max Wollin bekommt seinen Streit, diese Lust vermag seine Gattin zu befriedigen.

Lehnmann, ein dürrer, linkischer Mann, der selbstverständlich die Haare lang trägt, ist von einer geradezu bemitleidenswerten Geräuschempfindlichkeit. Hindemith, Berg, Mussorgski kann er nicht laut genug hören, aber das Lachen der Kinder, das Geschrei der Jugendlichen treibt ihn schier in die Verzweiflung. Er könnte auf den Balkon treten und herunterrufen: Seid bitte etwas leiser! Oder: Wollt ihr nicht woanders spielen! Das tut Eduardo aber nicht, er müßte schreien, um vom dritten Stock bis zur Straße zu dringen. Das Lärmproblem und dessen Lösung legt der Komponist in die Hände seiner resoluten Frau. Die greift sich ein paar Äpfel, Bananen oder eine Tafel Schokolade und geht mit süßem Lächeln auf die Kinder zu – für die großen Jungs hält sie immer Zigaretten parat. Na, ihr zwei! sagt sie zu Peter Lenz und Carsten Scholze – ruhigere Kinder sind schwer vorstellbar. Wie wär's mit einer leckeren Banane?

Peter antwortet: Die Schokolade wäre uns lieber. Er bricht sie genau in der Mitte und gibt die eine Hälfte seinem Freund. Der sagt: Vielen Dank, Frau Lehnmann. In den Wildenbruch-Park gehen wir aber trotzdem nicht. Ich soll vor dem Haus spielen, damit meine Mutter weiß, wo ich stecke.

Ich auch, sagt Peter. Und dann lachen die Jungs, laut und frech. Carsten stellt sich vor, wie Ede schreiend über den Tasten seines Flügels zusammenbricht. Frau Lehnmann rauscht davon, um das nicht mehr ganz junge Genie zu trösten.

Deshalb hat Eduardo keine zwanzig Symphonien, dreißig Klavierkonzerte und Hunderte von Sonaten geschrieben: Der Krach der Welt, die Geräuschattacken, die durch das Doppelfenster ins Arbeitszimmer dringen, das permanente Foltern seines Trommelfells verletzen seine Inspiration, beschädigen seine Kreativität, zehren an seiner Begabung. Selten ist es ihm vergönnt, die Hände auf die schwarz-weiße Tastatur seines Flügels zu legen, er braucht sie, um sich die Ohren zuzuhalten. Nachts findet er auch keine Muße, da macht er mit zorniger Intensität und einer Ausdauer, die man dieser halben Portion nicht zutrauen möchte, Liebe. Bei Elke Wetzel wackeln im Schlafzimmer die Lampenschalen. Wenn der noch einmal den Kindern zu lachen und zu singen verbietet, sagt die zu ihrer Freundin Rieke, dann stör' ich mit dem Besenstiel den ehelichen Beischlaf.

Rieke, es ist unwahrscheinlich, wie laut und wie lange die sich vergnügen. Nacht für Nacht rammeln die wie die Karnickel.

Schau an, schau an, sagt Frederieke versonnen, dieser spacke Musikus! Frau Lehnmann muß eine sehr glückliche Frau sein.

So schnell können die beiden Frauen sich von diesem vergnüglichen Thema nicht verabschieden. Elke sagt: Große Überraschungen kommen in kleinen Verpackungen.

Die Frauen werden ausgelassen und genehmigen sich, am hellichten Tag, ein Gläschen Likör. Mocca mit Kirsche! Heute hat Elke ihren freien Tag, den will sie genießen.

Ansonsten steht sie wochentags hinter dem Ladentisch einer schicken WMF-Filiale in der Karl-Marx-Straße, unweit des Rathauses. Else Wollin sucht auf ihren seltenen Spaziergängen gern dieses elegante Geschäft auf, in dem alles blitzt und blinkt. Die silbernen Milchkännchen, die goldenen Bestecke, die Kaviarlöffelchen aus Perlmutt. Natürlich werden auch Teekessel und Kochtöpfe angeboten, Büchsen- und Bieröffner – der Laden liegt schließlich in Neukölln –, aber für derart alltägliche, unspektakuläre Artikel hat sie kein Auge. Das Gewöhnliche übersieht sie. Mit partieller Blindheit begabt, ist sie kommod durch die Zeitläufte gekommen. Allzuviel hat Else Wollin in ihrem 69jährigen Leben nicht mitbekommen. Aber sie könnte jeden silbernen Serviettenring, auf den sie ihren kritischen Blick geworfen hat, detailgetreu beschreiben. Würde ihr historisch interessierter Enkel Stephan fragen, wie es war in der Weimarer Republik, im Dritten Reich, sie erinnerte sich der Frisuren. Unter Ebert kam der Bubikopf auf, bei Hitler waren die Zöpfe in Mode.

Elke Wetzel hat ihren Mann im Krieg verloren. Wenn sie diese Formulierung gebraucht, wird Georg Scholze wütend: Im Krieg verloren! Ist er ihr vielleicht 1942 in der Kroll-Oper aus ihrem Pompadour gerutscht? Hat sie ihn im Haus Vaterland auf der Damentoilette vergessen? Das arme Schwein ist nicht verlorengegangen, der ist krepiert. Dem hat eine Granate beide Beine weggerissen.

Das weiß Elke auch, sagt Frederieke, das hat ihr ein Kamerad von Hans erzählt, der dabei war.

Und warum beschönigt sie das mit diesem dämlichen »im Krieg verloren«?

Georg, du bist ein kluger Mann. Darauf kommst du von ganz allein.

Ist schon klar, sagt Georg, sie will es nicht wahrhaben, weil es ihr weh tut

Die Wahrheit tut immer weh, sagt Carsten, der zugehört hat.

Von wem hast du das bloß wieder aufgeschnappt?

Von Oma. Das hat die neulich zu Tante Berta gesagt.

In welchem Zusammenhang? Ich meine, worüber haben die beiden geredet.

Ich weiß, was Zusammenhang bedeutet! Über Fräulein Reeskow haben sie geredet. Was ist denn das für eine Wahrheit, Mama?

Später, mein Junge, wenn du größer bist, erkläre ich dir das.

Ach, Mama, sagt Carsten, das brauchst du nicht. Fräulein Reeskow ist Opas Schickse.

Der Bengel ist zu oft bei seinen Großeltern, sagt Georg, amüsiert sich jedoch insgeheim über seinen pfiffigen Sohn, dem offensichtlich nichts entgeht.

Was ist eine Schickse, mein Junge?

Mama, nun stell dich nicht so dumm! Mit einer Schickse geht man ins Bett. Hat jedenfalls Stephan gesagt.

Leise sagt Frederieke zu ihrem Mann: Laß uns das Thema wechseln.

Ihr müßt euch nicht schämen, sagt Carsten, Stephan und Günni haben mich aufgeklärt. Ich verstehe jetzt, wie das geht mit den Frauen.

Darum beneide ich dich, sagt Georg.

Immerhin werde ich zehn! sagt Carsten

Ja, Kleiner, aber erst im nächsten Jahr.

In elf Monaten, Mama. Heute ist der wievielte?

Das heutige Datum lautet, sagt Scholze feierlich, und diese Bekanntgabe erfolgt auf ausdrücklichen Wunsch meines fast zehnjährigen Sohnes. Trommelwirbel, Tusch und hingehört!

Papa, nun sag schon!

Heute ist der 18. März

Aha, Carsten beginnt, mit den Fingern zu rechnen: März, April, Mai, Juni …

Nicht bei März anfangen, sagt Frederieke.

Klar, sagt ihr Sohn, bei April. Also: April, Mai, Juni, Juli, August, September, Oktober, November, Dezember, da hat Stephan Geburtstag. Dann ist 1960 zu Ende, und 1961 beginnt, stimmt's?

Sehr richtig. Neun Monate haben wir jetzt. Es fehlen?

Januar und Februar. Am 12. Februar werde ich zehn, heute ist der 18. März. Papa, rechne mal aus, wie lange das noch dauert. Ich hab keine Lust mehr.

Frederieke ist zwar der Meinung, es sei pädagogisch unklug, Carsten zu helfen, interveniert jedoch nicht.

Das ist aber noch lange hin, wundert sich Carsten. Fast ein ganzes Jahr!

Nicht ungeduldig sein, Kleiner, sagt Frederieke. Die Zeit vergeht wie im Fluge.

Das gefällt ihm. Er sieht, wie allen Uhren Flügel wachsen,

wie sie sich zu einem Schwarm formieren, die Zeit und das Warten unter ihre Fittiche nehmen und davonfliegen nach Afrika, wo die Vögel bekanntlich den Winter verbringen. Nur die Spatzen nicht und die armen Tauben, die zu Silvester von den großen Jungs mit alkoholgetränkten Erbsen gefüttert werden.

Die Haustür quietscht, die Scharniere müßten geölt werden. Funke ist nicht aufzutreiben, Frau Lehnmann ist für zwei Tage zu ihrer kranken Mutter nach Krefeld gefahren. Eduardo gerät in Panik. Wer kümmert sich um diese verdammte Tür? Sein Verhältnis zu Scholzes ist nicht das beste. Mit allen Nachbarn, die Kinder haben, hat er es sich verdorben. Im letzten Winter gab es sogar einen richtigen Streit. Carsten hatte zum Geburtstag einen Schlitten bekommen, an dem ein silbernes Glöckchen hing. Das bimmelte lustig, und die Nachbarn schmunzelten, wenn Carsten sich stolz von dem gutmütigen Peter Lenz über den verschneiten Truseweg ziehen ließ.

Nicht so Eduardo, der sensible Tonsetzer. Er erträgt das peinigende Bimmeln keine dreißig Minuten. Seine Frau wird heruntergeschickt, um Carsten das Glöckchen abzukaufen. Fünf Mark bietet sie dem Jungen, der Geld bereits zu schätzen weiß und gern auf den Handel eingeht.

Ohne die Glocke ist der Schlitten langweilig, stellt Peter fest. Carsten muß dem zerknirscht zustimmen. Er nimmt Peter bei der Hand und geht mit ihm in den dritten Stock. Sein anhaltendes Klingeln und Klopfen hat Eduardo noch wochenlang im Ohr.

Was willst du? fragt Frau Lehnmann.

Ich will meine Glocke zurück! Hier haben Sie Ihren Fünfer. Den brauch ich nicht.

Geschäft ist Geschäft, ruft Lehnmann aus seinem Arbeitszimmer.

Du hast mir die Glocke verkauft, sagt Frau Lehnmann, die gehört jetzt mir.

Das werden wir ja sehen, sagt Peter, der sich unter Carstens Einfluß zu einem kecken Bürschlein entwickelt.

Runter geht es ins Parterre. Hör zu, sagt Carsten, ich mach jetzt, als würde ich heulen.

Frederieke Scholze öffnet die Tür: Was ist denn mit dir los? Weinst du?

Ja, Mama, ich weine.

Was ist passiert? fragt sie Peter.

Frau Lehnmann hat Carsten die Glocke abgeluchst.

Rieke, die gerade beim Kochen ist, bindet ihre Schürze ab, fährt mit der Bürste durchs Haar, überprüft sich im Spiegel. In Windeseile steht sie vor Lehnmanns Wohnung.

Ich will klingeln, sagt Carsten und sein Zeigefinger scheint auf der Klingel festzukleben.

Guten Tag, liebe Frau Scholze, sagt Olga Lehnmann. Wir haben uns ja eine Ewigkeit nicht gesehen. Waren Sie verreist?

Selbstverständlich war ich verreist. Stephan hat in meiner Abwesenheit eingekauft, Carsten hat gekocht, und mein Mann hat die Strümpfe gestopft.

Entschuldigung, ich frag ja nur. Was kann ich für Sie tun?

Die Glocke können Sie meinem Sohn zurückgeben! Das ist ein Geburtstagsgeschenk, an dem er viel Freude hat.

Sogar sehr viel Freude, sagt Carsten.

Peter assistiert: Der ganze Truseweg hat daran Freude.

Mein Mann nicht. Dieses Gebimmel stört ihn bei der Arbeit.

Mein Gott! entrüstet sich Frederieke. An dem Schlitten hängt doch nicht die Freiheitsglocke. Geben Sie mir bitte das Glöckchen! Hier sind Ihre fünf Mark. Im übrigen möchte ich Sie auffordern, mit meinem Sohn keine Geschäfte zu machen. Sie scheinen zu vergessen, daß er vor ein paar Wochen neun geworden ist.

Ich bin schon zehn! sagt Peter.

Carsten ärgert sich: Das interessiert niemanden.

Sehen Sie, sagt Frau Scholze, jetzt streiten sich die Jungs.

Meine Schuld ist das nicht. Ich habe nur versucht, meinem Mann das Komponieren zu ermöglichen.

Daß Ihr Mann ein zartes Pflänzchen ist, sagt Frederieke – in Gedanken ergänzend: jedenfalls außerhalb des Ehebetts –, ist hinlänglich bekannt. Aber da im Truseweg Menschen und keine Mumien leben, wird er sich an einen gewissen Geräuschpegel langsam zu gewöhnen haben.

Carsten liebt seine Mutter in diesem Augenblick sehr, unendlich stolz ist er auf sie. Peter denkt: Toll!

Ich habe nicht die Absicht, meine Söhne wegzuschließen, nur weil Ihr Mann den Hypersensiblen zur Schau stellt. Hypersensibel klingt gut, denkt Carsten.

Mein Mann stellt den Hypersensiblen nicht zur Schau, mein Mann ist hypersensibel!

Dann packen Sie ihn am besten in Watte. Oder ziehen Sie mit ihm auf eine einsame Insel.

Daran haben wir auch schon gedacht, rutscht es Frau Lehnmann heraus.

Die Glocke bitte! Empfehlen Sie mich Ihrem Gatten! Ihnen einen schönen Tag.

Wie sagt Max Wollin immer: Unser Prinzeßchen ist nicht auf den Mund gefallen. Rieke hat Haare auf den Zähnen.

Die Jungs sind begeistert.

Der haben Sie es gegeben, sagt Peter.

Und wie! lobt Carsten. Die drei steigen die Treppen herunter. Lustig bimmelt das silberne Schneeglöckchen.

Wegen dieses Zwischenfalls im Februar zögert Eduardo, bei Scholzes zu klingeln. Aber er hat nur die Wahl zwischen Kontaktaufnahme und Wahnsinn. Lieber mit dieser schnippischen Scholze reden, denkt er, als in der Umnachtung enden wie Schumann.

Er klingelt. Nie schlug Scholzes Klingel scheuer, nie zarter an.

Guten Tag, Herr Lehnmann, sagt Frederieke, möchten Sie nicht hereinkommen?

Frederieke hat einen versöhnlichen Charakter und kein Gedächtnis für Streitigkeiten, die monatelang zurückliegen.

Sehr freundlich, sagt Eduardo und schiebt sich linkisch in den Korridor.

Wie geht es Ihrer Frau?

Ach, die ist zu ihrer kranken Mutter gerufen worden.

Hoffentlich nichts Ernstes? Auf diese anteilnehmende Frage reagiert Lehnmann nicht.

Hören Sie es auch?

Was? fragt Frederieke.

Das Quietschen, dieses ständige Quietschen!

Sie meinen die Haustür? Herr Lehnmann, Sie wohnen im dritten Stock. Wir im Parterre hören es ja kaum.

Ich höre anders als andere.

Das, mein lieber Herr Lehnmann, ist mir nicht entgangen. Bitten Sie Herrn Funke, die Scharniere zu ölen. Oder machen Sie es gleich selber!

Dazu braucht man Öl und ein Ölkännchen, denk ich mir.

Da denken Sie richtig. Besitzen Sie so etwas?

Ich müßte meine Frau fragen, aber, wie gesagt …

Kommen Sie, wir schauen in unserem Keller nach. Mein Mann hat allerlei Werkzeug.

Im Keller bleibt Eduardo plötzlich stehen: Hören Sie die Stille, diese herrliche Stille?

Ein tiefes Mitleid erwacht in Frederieke. Der spielt den Hypersensiblen nicht. Das ist seine Natur. Damit ist er geschlagen.

Mit Ohropax haben Sie es bestimmt schon versucht, sagt sie.

Alles habe ich versucht, geholfen hat nichts.

Sie Armer! Frederieke nimmt Eduardos Hand und streichelt sie.

Eine verständnisvolle, gütige Frau sind Sie, Frau Scholze. Meine Olga sagt das auch.

Seit wann? denkt Frederieke.

In dem schüchternen Eduardo erwacht der wilde Mann:

Eine sehr attraktive Frau sind Sie übrigens auch. Man muß Ihren Gatten beneiden.

Keine zwei Tage ohne Sex, und schon muß dieser Hänfling balzen, denkt erheitert Rieke. Eine schöne Gelegenheit, Eduardos männliche Ausstattung zu überprüfen, könnte sich hier bei Kerzenlicht anbahnen, aber Riekes Treue ist weitaus größer als ihre lichterloh brennende Neugier.

Sie lächelt: Herr Lehnmann, in einem Kellerverschlag macht man einer Dame, zumal einer verheirateten, keine Avancen! Das könnte zu Mißverständnissen führen, Sie schlimmer Mensch! Nehmen Sie das Ölkännchen und geleiten Sie mich nach oben. Ihren Arm, Herr Eduardo!

Noch nicht, sagt der und setzt sich unvermittelt auf einen Kartoffelsack: Die Stille. Nur ein paar Minuten Stille.

Frederieke hockt sich neben den kleinen Eduardo, der seinen Kopf, sein Köpfchen an ihre Schulter legt.

Nach einer ganzen Weile erst erhebt sich räuspernd Eduardo: Das werde ich Ihnen nie vergessen, Frau Scholze. Danke!

Gern geschehen. Jederzeit zu Ihren Diensten! sagt Rieke, um die Situation zu entspannen. Sie wäre auf dem Kartoffelsack fast eingeschlafen. Merkwürdig, denkt sie, dieser Mann riecht wie eine Blume. Sie muß lachen: Wie eine Blume! Dieses schmale Handtuch wird mir doch nicht den Kopf verdrehen? Ich rede, als wär ich fünfzehn! Lehnmann riecht nach einem sehr guten, sehr unaufdringlichen Rasierwasser, das sogar ihrem geruchsempfindlichen Vater gefallen würde. Nach roten Rosen und weißen Narzissen riecht der Komponist nicht.

Die Scharniere ölt Frederieke; Lehnmann hat, wie nicht anders zu erwarten, zwei linke Hände.

Am nächsten Vormittag hört Frederieke im Treppenhaus ein Gepolter und Gestöhne. Sie öffnet die Tür und sieht das Leichtgewicht Eduardo einen schweren Sessel die Treppen runterschleppen.

Nanu, Herr Lehnmann, ziehen Sie aus?

Nein, ich bring nur diesen Sessel in den Keller.

Wegen der Stille!

Ja, wegen der Stille.

Sie wollen im Keller komponieren?

Nicht komponieren, ich will nur die Ruhe genießen und in mich hineinhorchen. Vielleicht höre ich Töne, Melodien.

Sie lieber, zarter Mensch! Ich möchte Sie immer in den Arm nehmen.

Der wilde Mann macht sich bemerkbar: Zögern Sie nicht! Ich hätte nichts dagegen.

Bitte, keine Mißverständnisse! Hoffentlich kommt Ihre Frau bald wieder. Sie entwickeln sich vom Strohwitwer zum Casanova. Bei Ihnen scheint Vorsicht geboten, Herr Eduardo.

Es klingt schön, wenn Sie mich Eduardo nennen. Sie können mich auch duzen.

Na fein, denkt Frederieke, da bin ich gerade mal vierzig geworden, und soll für einen sensiblen Zwölftöner, der keine zehn Jahre jünger ist als ich, die Ersatzmutter und Notmuse spielen.

Wie alt sind Sie?

Eduardo errötet: einunddreißig. Meine Olga ist etwas älter.

Etwas? fragt Frau Scholze.

Fünfzehn Jahre.

Eduardo erntet von Frau Scholze einen skeptischen Blick: Na ja, genaugenommen sind es neunzehn Jahre. Olga war die beste Freundin meiner Mutter.

Und die ist tot?

Ja, die ist gestorben, als ich zwanzig war.

Und seitdem ...?

Seitdem lieben wir uns, Olga und ich. Lehnmann wischt sich den Schweiß aus der Stirn: Eigentlich wollte ich nur den Sessel runterbringen, und jetzt erzähle ich Ihnen meine ganze Lebensgeschichte.

Ein paar Geheimnisse werden Sie noch in petto haben. Sie sind ein stilles Wasser! So, jetzt tragen wir dieses Monstrum von einem Sessel in den Keller. Aber nehmen Sie sich keine Freiheiten heraus, Eduardo!

Schuldbewußt zuckt der zusammen.

Ich hab Spaß gemacht, sagt Frau Scholze, die ihre Hilfsbereitschaft bereits bedauert. Der Sessel scheint mit Felsbrocken gepolstert.

Heute habe ich geschuftet wie eine Hafendirne, erzählt sie abends ihrem Mann.

Rieke, du kommst in den Himmel. So viel Herzensgüte belohnt der Herr. Sag mal, mein Mädchen, muß ich eifersüchtig auf den Winzling Eduardo sein?

Ach, Georg! Der ist absolut hilflos ohne seine Frau.

Das sind alle Männer. Georg zieht Frederieke auf seinen Schoß: Ohne euch wären wir verloren.

Frederieke lacht: Täusch ich mich, oder kommst du in Stimmung?

Guck nach! sagt Georg.

Carsten kommt ins Zimmer: Mama! Es regnet ganz doll. Wird das eine Überschwemmung?

Du sollst anklopfen, bevor du hereinkommst.

Wenn ihr im Schlafzimmer seid.

Nein, jede geschlossene Tür bedeutet: Anklopfen! Wir machen das schließlich auch.

Alles ist wie immer: Max Wollin und Carsten sitzen vor ihren Cognacschwenkern. Die Frauen sind schön, das Wetter ist schön, tolle Autos fahren vorbei, die Kellnerin hat zur Abwechslung einmal gute Laune. Mehr kann man sich an einem Frühsommertag nicht wünschen, dennoch: Die Stimmung ist gedrückt.

Seit ein paar Tagen verspürt Max Wollin häufig das Bedürfnis abzuführen, aber es kommt nichts. Bullrichsalz hilft nicht, das Druckgefühl bleibt. Auch jetzt, im »Kranzler«, geht er mehrmals auf die Toilette.

Du gehst aber oft aufs Klo, stellt Carsten fest. Machst du groß oder klein?

Weder noch. Ich mach gar nichts. Leider.

Dann hast du eine Verstopfung. Sauerkraut hilft.

Oma?

Ja, hat mir Oma erklärt. Man stirbt aber nicht daran.

Bitte?

Man stirbt nicht an einer Verstopfung. Man muß nur lange genug auf dem Klo sitzen und warten. Dann kommt auch was.

Schön wär's, mein Junge. Sag mal, so richtig fröhlich bist du heute auch nicht. Stimmt etwas nicht?

Opa, ich habe gelogen. Ich hab Peter Lenz erzählt, daß ich mal zehntausend Mark erbe.

Von mir?

Ja.

Wollin lacht: Würde ich dir gern vermachen, aber ich befürchte, daß alles Geld an Oma geht. So hoch, wie ihr denkt, ist meine Lebensversicherung gar nicht.

Wie hoch ist sie?

Nicht hoch genug, um euch alle glücklich zu machen, mein Kleiner.

Opa, sei nicht so gemein. Sag!

Nein!

Sag jetzt!

Die Kellnerin kommt an den Tisch: Ich hab es Ihnen prophezeit: Ihr Enkel hat seinen eigenen Kopf.

Den hat jeder, ruft Carsten.

Da sehen Sie's! Die Kellnerin räumt verstimmt den Tisch ab.

Willst du eine Eisschokolade, Carsten?

Ja, Opa, sehr gern! Was ist mit der Wasserpfeife?

Die kriegst du, ist schriftlich festgelegt.

Und die Gamaschen?

Kriegst du auch.

Und die Bücher?

Stephan.

Alle?

Nein, nicht alle. Dein Vater bekommt die Geschichtsbücher und Biographien.

Und den Rauchtisch?

Carsten, es ist gut. Noch lebt dein Großvater. Das Fell wird erst nach dem Tode verteilt.

Aha, sagt Carsten. Welches Fell, Opa?

Gleich, mein Junge. Ich muß, glaube ich, schon wieder aufs Klo. Gott, ist das lästig.

Opa?

Ja?

Bist du krank?

Max Wollin schaut einer blonden Frau nach. Leise sagt er: Ich weiß es nicht.

Im Januar nimmt Stephan Saxophonunterricht. Ganze zwei Stunden. Er muß einsehen, daß eine glänzende Karriere mit Müh und Arbeit verbunden ist. Vor dem umjubelten Soloauftritt in der Waldbühne stehen Finger- und Atemübungen, Notenstudium. Darüber hinaus sind Eigenschaften gefordert, über die er nicht verfügt: Fleiß und Ausdauer.

Ihm fliegt alles zu. Anstrengen mußte er sich bisher nicht, weder bei den Mädchen noch in der Schule. Das mach ich mit links, pflegt er seinem Vater zu antworten, wenn der sich wundert, Stephan nie über den Büchern zu sehen.

Wann macht der Bengel eigentlich seine Hausaufgaben? fragt Georg.

Gleich nach der Schule, sagt Rieke. In einem Tempo, Georg, das man nicht glauben möchte.

In einem Affentempo, ergänzt Carsten, der auch nicht gerade zu den Langsamen gehört. Wir gucken einmal in die Bücher, Papa, und schwupp haben wir es kapiert.

Warum hat Stephan dann, bei all diesem Schwupp, eine Vier in Mathematik?

Liegt ihm nicht, sagt Rieke.

Aha, und was meinem Herrn Sohn nicht liegt, kümmert ihn nicht. Studieren kann man mit dieser laxen Haltung nicht.

Nun laß ihn doch erst einmal das Abitur machen.

Stephan kommt ins Zimmer. Oh, sagt Scholze, Deutschlands Hoffnung auf dem Gebiet des Saxophonspiels gibt sich die Ehre! Wie lange dauert es noch bis zur Konzertreife?

Schlechte Laune, Papa? Stephan mag nicht zugeben, daß ihn das Instrument nicht mehr interessiert; es sieht toll aus, aber das reicht leider nicht. Es will gespielt und nicht nur im Truseweg herumgezeigt werden. Stephan sagt: Für Musik habe ich leider keine Zeit, ich muß mich jetzt um Mathe kümmern. Im Herbst möchte ich mindestens eine Drei auf dem Zeugnis haben. Lieber Vater, ab heute heißt die Parole Fleiß, Fleiß und noch mal Fleiß!

Welch löbliche Einstellung, lieber Sohn! Ich glaube dir kein Wort!

Georg, sei bitte nicht so zynisch, sagt Rieke. Wenn Stephan sich das vornimmt, sollten wir ihn alle unterstützen.

Ja, sagt Carsten, das machen wir! Ich hab aber noch kein Mathe, ich kann nur beim Rechnen helfen.

Dann guckst du eben, ob Stephan seine Hausaufgaben macht. Abends erstattest du deinem Vater Bericht.

Was für eine Idee, Georg! Das nenne ich Erziehung zu Spitzeltum und Denunziantentum.

Was ist das?

Petzen ist das, antwortet Stephan, kleine Jungs, die petzen, nennt man Denunzianten. Niemand mag sie, Freunde haben sie keine, und vom Denunzieren sind sie ganz gelb im Gesicht.

Ich petze nie, sagt Carsten.

Und was war gestern?

Gestern hat Carsten seine Mutter – ein wenig scheinheilig – gefragt, ob Stephan nun auch auf dem Klo rauchen dürfe? Er erinnerte sich nämlich an die Abmachung, die sein Bruder mit den Eltern getroffen hat: Rauchen nur im Wohnzimmer, nicht im Kinderzimmer, nicht im Schlafzimmer, nicht in der Küche, nicht im Flur – nicht auf der Toilette.

Das hat ganz furchtbar nach Qualm gestunken, rechtfertigt sich Carsten.

Bei dir stinkt es auch furchtbar. Aber nicht nach Zigarettenrauch, sondern nach …

Ich muß doch sehr bitten, sagt Frederieke.

Ich weiß, was Stephan sagen wollte, Mama. Nach Scheiße!

Nein, sagt Georg, unser wohlerzogener Stephan hätte allenfalls Stuhlgang gesagt. Stimmt's, Großer?

Stuhlgang! Carsten mag es nicht glauben, eine Wurst soll Stuhlgang heißen?

Im Februar tritt Stephan einem Eishockey-Verein bei. Da er das Saxophon zu einem guten Preis verkauft hat – um einiges teurer, als er beim Trödler dafür bezahlt hat –, kann er sich für sein neues Hobby zünftig ausstatten. Schlittschuhe hat er schon – auch vom Trödler, auch fast geschenkt –, er braucht nur noch Helm, Schläger, Schulter- und Knieschutz, Vereinstrikot und weite Hosen. Der Coach freut sich über den Neuzugang, der über das Eis flitzt wie ein Profi, mit Puck und Schläger jedoch noch nichts anzufangen weiß. Du mußt hart trainieren, sagt er zu Stephan, dann kann aus dir was werden.

Das hätte er besser nicht gesagt. Stephan sieht sich einmal mehr als Naturtalent bestätigt. Sein Saxophonlehrer war auch begeistert von ihm. Was ich auch anpacke, denkt Stephan hochmütig, ich kann's.

Das sind Anfangserfolge, sagt sein Vater, du bleibst nie an einer Sache dran. Alles, was mit ein bißchen Arbeit verbunden ist, interessiert dich nicht. Lust ist da, aber keine Geduld. Dir fehlt es an Ausdauer.

Ich bin jung, sagt Stephan. Ich probiere aus.

Mmhh, sagt Scholze.

Zwei Monate werden dem Eishockey gewidmet, den April will Stephan dem harten Training nicht opfern. Im Jugendheim Lessinghöhe wird ein Tanzkursus angeboten; natürlich nicht Walzer oder Cha Cha Cha, sondern Rock'n'Roll, good old American Rock'n'Roll, wie Stephan sich kaugummikauend vernehmen läßt

Ralf Dallmann macht mit, beim Tanzen muß man nicht sprechen, Günni guckt nur zu. Schweißtreibende Aktivitäten sind ihm zuwider. Carsten ist verstimmt, daß es keinen Kurs für kleine Jungen gibt. Er will auch rocken und rollen. Wir bringen uns das selber bei, sagt Peter Lenz. Du mußt nur deinen Bruder fragen, wie es geht.

Babsy hat sich selbstverständlich auch angemeldet, obwohl sie eigentlich Stephans Gegenwart zu meiden sucht. Tanzen kann er ja, denkt sie. Babsy und Stephan werden wieder ein Paar, zuerst auf dem Tanzboden, bald auch auf den lauschigen Bänken am Schiffahrtskanal.

Ich denke, Babsy ist eine blöde Kuh, sagt Carsten. Blöde Kühe küßt man nicht!

Babsy ist schon okay. Die hat sich sehr zu ihrem Vorteil verändert.

Das hast du wohl von Oma aufgeschnappt. Die sagt das auch immer, aber nicht von Babsy Walter.

Hat sich Babsy zu ihrem Vorteil verändert? fragt er die Großmutter.

Nun, sagt Max Wollin, körperlich unbedingt.

Max, bitte! Du wirst hoffentlich in deinem Alter nicht mehr den Backfischen nachschauen, tadelt Else.

Gucken kostet nichts. Ich sehe gern schöne Menschen.

Else ist geneigt zu sagen: Wie kommt es dann, daß du deine wasserstoffblonde Ex-Tippse immer noch mit den Augen verschlingst? Um des lieben Friedens willen schweigt sie.

Ende April streiten sich Babsy und Stephan auf dem Nachhauseweg. Stephan soll mit einem anderen Mädchen geflirtet haben, was selbstverständlich den Tatsachen entspricht. Er verliert wieder einmal das Interesse; Saxophon und Eishockey sind abgehakt, nun ist Babsy dran. Zum zweiten

Mal geht er mit der, das reicht. Und immer nur Petting! Das blöde Rumfummeln hat Stephan satt. Es gibt schließlich noch was anderes! Siebzehn ist er, mehr will er!

Wir sollten uns trennen, schlägt er Babsy vor. Treu sein kann keiner von uns beiden. Ich gebe dich frei, Babsy Walter. Laß uns Freunde bleiben und vergiß mich nicht! Babsy-Baby, ich muß meinen Weg alleine gehen.

Du gehst zu oft ins Kino, du Spinner. Ich werd schon jemanden finden, der mich echt liebt.

Echt und wahrhaftig, sagt Stephan mit pastoraler Stimme.

Dafür bekommt er eine geklebt. Toll, denkt er, das ist besser als Kino!

Er zückt seinen Revolver, ruft: Einen Stephan Scholze schlägt man nicht ins Gesicht. Er schießt Babsy mitten ins Herz. Die Leiche trägt er mit seinem Bruder zum Kanal. Steine werden in Babsys Hosentaschen und Campingbeutel gesteckt.

Ich werfe dich, Babsy Walter, den Fischen zum Fraß vor. Du hast es nicht anders verdient!

Aymään, sagt sein Bruder. Das ist amerikanisch und bedeutet: Amen.

Stephan amüsiert sich. Babsy weint.

Den Juni werden Stephan, seine Familie, der Wirt vom »Parkrestaurant«, Dr. Waldau und die Nachbarn so schnell nicht vergessen:

Stephan sitzt mit Günni rauchend auf den Stufen des Elsenstegs. Über die Schule wird geschimpft, über die Lehrer. Da zottelt Fritz über die Straße, beschnüffelt schwanzwedelnd die Jungen und trottet zur Kanalböschung, wo er seiner Lieblingsbeschäftigung nachgehen will: Ratten jagen. Nie fängt er eine, er ist zu langsam, zu ungeschickt. Fritz müßte sich an die Ratten heranschleichen, aber er verbellt sie, bevor er, sehr gemächlich, die Verfolgung aufnimmt. Heute stellt sich dieser gutmütige und außerordentlich häßliche Hund noch dümmer an als sonst. Er rutscht die regennasse Böschung herunter und fällt in den Neuköllner Schiffahrtskanal. Kein Grund zur Panik, sagt Günni, Hunde können schwimmen.

Das ist richtig, aber wie gelangen Hunde wieder an Land, wenn ihre Pfoten keinen Halt finden? Fritz rutscht immer wieder ab, sein Jaulen wird kläglich; er taucht unter die Wasseroberfläche, kommt schnaufend hoch, geht erneut unter.

Mmh, sagt Günni. Fritz hat ein Problem.

Stephan sagt nichts, Stephan handelt. Er zieht sich bis auf die Unterhose aus und springt vom Elsensteg ins Wasser; sich bequem von der Böschung hineingleiten zu lassen ist ihm nicht spektakulär genug, zumal sich mittlerweile Schaulustige eingefunden haben. Auch Kurt Schneider ist aufgetaucht, der mit gebrochener Stimme seinem Hund zuruft: Fritz, mein Süßer, ich kann nicht schwimmen! Stephan holt dich raus.

Das geht so einfach nicht. Fritz wehrt sich heftig, windet sich immer wieder aus Stephans Griff und schnappt nach ihm.

Der beißt dich noch, ruft Günni seinem Freund zu.

Hilf mir, Günni! Komm runter!

Ins Wasser?

Nein, du Memme, du mußt mir Fritz nur abnehmen.

Stephan packt den Hund beim Nackenfell und schleudert ihn in Günnis Arme. Der zitternde Mischling erbricht gut einen Liter Kanalwasser auf Günnis Hemd, der einen Augenblick überlegt, ob dies nicht ein schöner Anlaß wäre, auch einmal die Fassung zu verlieren. Er entscheidet sich dagegen. Vor gut einem Jahr hat er beschlossen, als Stoiker durchs Leben zu gehen.

Zähneklappernd steigt Stephan aus dem Wasser. Fritz verschwindet in einem Tempo, das alle verblüfft, in der Kneipe. Schneider nimmt seinen Retter tief bewegt in die Arme. Herr Funke, der gerade beim Bier gesessen hat, legt ihm seine Joppe um, Frau Dallmann tupft mit ihrem seidenen Halstuch Stephans Haare ab. Günnis klitschnasses Hemd findet keine Beachtung. Er darf den Helden ins »Parkrestaurant« geleiten, wo der von Jacks Mutter abgetrocknet wird wie ein kleines Kind. Schneider kümmert sich um Fritz. Stephan ist erbärmlich kalt, schnell zieht er sich an. Als er sich zu seinen Schuhen bückt, wird ihm schwindlig.

Man muß ihn hinlegen, sagt Frau Dallmann.

Einen Schnaps muß man ihm geben, sagt Funke, der auch auf ein Gläschen spekuliert. Stephan wird Korn eingeflößt. Einen Glühwein muß er auch noch zu sich nehmen. Gleich wird Stephan kotzen, mutmaßt Günni. Funke, für den nichts abfällt, weist darauf hin, daß seine Joppe ganz naß sei.

Ich werd mir noch den Tod holen, sagt er zu Schneider. Der versteht und stellt den Schnaps auf den Tisch: Bedien dich!

Gern folgt Funke der freundlichen Einladung, sieht aber nach dem dritten Glas die Flasche unterm Tresen verschwinden. Genug ist genug, Herbert! sagt der Wirt. Stephan hat sich mittlerweile erholt, er will nach Haus, ein Bad nehmen. Kurt Schneider sagt nicht ohne Ergriffenheit: Das vergeß ich dir nie! Du hast meinem Fritz das Leben gerettet.

Günni räuspert sich vernehmlich.

Und du hast Stephan geholfen.

Günni sagt: Wohl wahr.

Ich mach das gut, sagt der Wirt zu Stephan. Ich laß mir was einfallen.

Fein, sagt Günni, darauf freuen wir uns sehr.

Er begleitet seinen frierenden Kumpel nach Haus.

Gott sei Dank sind die Eltern und Carsten unterwegs. Stephan muß nichts reden, nichts erklären. In die Badewanne muß er sich legen und dann ins Bett. Günni läßt ihm das Wasser ein, legt ihm einen Morgenmantel auf den Klodeckel, kocht einen Kamillentee, sammelt die Kleidungsstücke auf, die Stephan im Badezimmer verteilt hat.

Alles in Ordnung? fragt er.

Alles okay, antwortet Stephan. Weißt du, wie ich mich fühle?

Klar, sagt Günni lachend, hundeelend.

Als die Eltern und Carsten nach Hause kommen, wundern sie sich, Stephan im Bett vorzufinden. Was ist los, Großer? fragt Frederieke. Geht's dir nicht gut?

Mir ist furchtbar kalt, sagt Stephan und erzählt, was vorgefallen ist.

Carsten ist begeistert: Du bist ein Lebensretter, echt mal! Wenn's auch nur dieser häßliche Köter war.

Laß das nicht Kutte Schneider hören, sagt Georg. Der liebt seinen Fritz abgöttisch.

Kinderersatz, sagt Frederieke, die sich der Gabe gewiß ist, in die Herzen der Menschen schauen zu können.

Stephan erbricht die Hühnerbrühe, die sie ihm eingeflößt hat. Seine Temperatur steigt, Durchfall hat er, glasige Augen. Er phantasiert: Ich nicht, ich nicht!

Was meint er damit? fragt Carsten, dem sein Bruder wirklich leid tut, eine Abwechslung jedoch ist ihm stets willkommen. Er liefert selbst einen Erklärungsversuch: Vielleicht träumt er, daß jemand zu ihm sagt: Was hast du bloß wieder angestellt! Und da verteidigt sich Stephan und sagt: Ich nicht, ich war das nicht!

Worauf du kommst, sagt Scholze. Wahrscheinlich hast du sogar recht.

Wir müssen Waldau holen, beschließt Frederieke. Geh hoch und ruf ihn an!

In Begleitung seiner Schwiegermutter, die es sich nicht hat nehmen lassen, Teile ihres Sonntagsschmucks anzulegen, kommt Scholze zurück: Otto ist in einer halben Stunde da. Er hat noch zwei Patienten.

Der Junge glüht! stellt Else Wollin fest. Der brennt geradezu!

Mutter, du übertreibst, sagt Rieke.

Georg murmelt: Wie immer!

Aha, sagt Else, so wird einem also die Sorge um den Enkel vergolten. Mit Spott!

Nein, Mama, sagt Rieke, aber mach die Sache nicht noch schlimmer als sie ist.

Wie ernst es um Stephan steht, lassen wir wohl besser Herrn Dr. zu Waldau feststellen, mein Kind. Der ist Arzt!

Was du nicht sagst, kann sich Georg nicht verkneifen.

Eigentlich müßte sich Else Wollin jetzt beleidigt in ihre Beletage zurückziehen, aber die Aussicht, den Grafen zu treffen, stimmt sie versöhnlich: Dieser Georg, immer ein Scherz auf den Lippen.

Nach Scherzen ist mir eigentlich nicht zumute. Stephan glüht wirklich.

Seine Frau steckt Stephan ein Fieberthermometer unter die Achsel.

Mama, in den Po gehört das, sagt Carsten.

Bei Kindern, mein Junge.

Carsten beschließt, sich nie mehr ein Thermometer in den Po stecken zu lassen. Immerhin wird er im nächsten Jahr zehn.

Na, wo ist denn unser Held? fragt Waldau. Er wird ins Kinderzimmer geführt, wo er die Damen begrüßt. Guten Abend, Frau Wollin, sagt er, eine Verbeugung andeutend. Einen Handkuß gibt es leider nicht. Dennoch ist Else drauf und dran, »Enchanté« zu sagen, kann sich aber gerade noch beherrschen. Zu Frederieke sagt der Graf: Grüß Sie, Frau Scholze! Carsten streicht er übers Haar: Na, mein Junge, alles klar?

Der sagt: Mein Bruder ist ganz furchtbar krank.

Waldau untersucht Stephan. Kein Grund zur Panik! beruhigt er seine Zuschauer. Stephan wird sich verkühlt haben. Und dieses dreckige Kanalwasser ist auch nicht sehr bekömmlich. Ich laß ein Antibiotikum hier und geb ihm eine Spritze.

Au weia, sagt Carsten.

Die Spritze tut überhaupt nicht weh, Carsten. Die merkt dein Bruder gar nicht, erklärt Waldau. Morgen ist er wieder auf dem Damm.

Schön, sagt Carsten. Dann stirbt er also nicht?

Wie kommst du darauf? fragt Rieke. Morgen tanzt Stephan wieder Rock'n'Roll.

Der Patient ist versorgt, der Arzt wird zu einem Bier eingeladen.

Vielleicht will Herr Dr. zu Waldau lieber ein schönes Glas Wein, sagt Else Wollin. Daß einem Grafen und promovierten Mediziner Bier serviert wird, will ihr unpassend erscheinen.

Ihr Schwiegersohn kennt meinen Geschmack, sagt Waldau. Nichts geht über ein gut gekühltes Pils! Gell, Georg!

Dann freilich soll es ein solches sein, lieber Graf, sagt Else Wollin.

Waldau lächelt, Frederieke schüttelt amüsiert den Kopf. Georg sagt: Und was darf ich meiner verehrten belle-mère kredenzien?

Georg, du mußt eine alte Frau nicht auf den Arm nehmen. Dir ist sehr wohl bekannt, daß es »kredenzen« heißt.

Welche alte Frau meinen Sie? fragt Waldau.

Else Wollin gelingt es tatsächlich zu erröten.

Was für ein ausgesprochen schöner Abend! denkt sie. Ein schlechtes Gewissen hat sie wegen dieses Gedankens nicht. Sie weiß ihren »brennenden« Enkel versorgt.

Morgen erwartet sie Berta Barbe. Der wird sie – beiläufig – erzählen, daß sie gestern bei Rieke einen reizenden Abend mit Graf Waldau verbracht hat. Berta taucht aber am nächsten Tag nicht auf. Max, ein treuer Freund und Geliebter, macht sich wie immer auf den Weg zu Fritz Strehlow und Fräulein Reeskow, Berta jedoch durchbricht die Mittwoch-Routine.

Else Wollin steht auf dem Balkon und hält nach der Freundin Ausschau. Aber sie hat nur etliche Nachbarn zu grüßen. Heute scheint der ganze Truseweg auf den Beinen zu sein, stellt sie enerviert fest. Nur die kleine Berta läßt sich nicht blicken. Hoffentlich ist ihr nichts passiert, die Jüngste ist sie nicht mehr!

Nach seinem Reeskow-Rendezvous ist Max Wollin stets taktvoll genug, im Herrenzimmer zu nächtigen. Als er das leise betritt, entdeckt er seine Frau im Sessel dösend.

Elschen, sagt er, was machst du denn hier?

Berta ist nicht gekommen!

Aber heut ist doch Mittwoch.

Das brauchst du mir nicht zu sagen, mein lieber Max. Berta hat auch nicht angerufen. Ich mach mir wirklich Sorgen.

Wenn sie sich morgen nicht meldet, fahr ich zu ihr, sagt Max, der in mildester Stimmung ist.

Würdest du das tun? sagt Else.

Was würde ich nicht tun für mein Elschen.

Max setzt sich auf die Sessellehne und küßt seiner Frau das Haar: Wie gut du riechst.

Schmeichler, sagt Else.

In dieser Mittwochnacht schläft Max im Ehebett. Ruhe findet er nicht. Das Druckgefühl im Oberbauch quält ihn. Wollin hat Angst.

Am nächsten Morgen entdeckt er Blut in seinem Stuhlgang. Den ganzen Vormittag überlegt er, ob er das seiner Frau mitteilen soll. Beim Mittagessen passiert es dem Ästheten Wollin, daß er plötzlich sagt: Else, ich hatte heute morgen Blut im Kot. Entschuldige, das ist mir rausgerutscht. Bei Tisch wollte ich dir das eigentlich nicht zumuten.

Else sagt: Unter Eheleuten kann man jederzeit alles sagen. Unpassende Gelegenheiten gibt es nicht. Hast du Schmerzen, Max?

Eigentlich nicht. Ich fühl mich nur unwohl. Richtige Schmerzen habe ich nicht.

Gott sei Dank, sagt Else. Das wird nichts Ernstes sein. Aber zur Sicherheit gehst du gleich heute nachmittag zu Waldau. Versprich mir das!

Max legt sein Besteck aus der Hand. Ihm schmeckt es nicht.

Heute wollte ich eigentlich nach Berta schauen, sagt Wollin. Zum Arzt kann ich auch noch morgen gehen.

Wo diese Person sich herumtreibt, möchte ich wissen, sagt Else.

Mit einem argentinischen Eintänzer wird sie nicht durchgebrannt sein, deine alte Berta.

Sage das nicht, Max! Meine liebe Freundin hatte immer ein leichtlebiges Naturell. Naiv ist sie und verwegen, wie ihre Friedel. Das haben die im Blut, die Barbe-Frauen. Leider gibt es Menschen, die das ausnützen!

Also heute Madame Barbé, morgen Graf Waldau.

Gut, sagt Else, aber wenn du morgen nicht gehst, zerre ich dich an deinen wenigen Haaren zum Arzt.

Das hast du lieb gesagt, Elschen.

Carsten wird gefragt, ob er Tante Berta besuchen will. Er will, und er darf.

Machen wir uns fein, Opa?

Nicht zu fein, mein Junge, wir fahren in den Osten.

Und die mögen es nicht, wenn wir uns schick anziehen?

Richtig! Da fallen wir nur auf. Man muß sich vor dem Ankleiden stets die Frage stellen: Was ist wann und wo angebracht? Oder sagen wir so: Im Frack geht man nicht zum Fleischer.

Vielleicht sind die im Osten neidisch auf unsere schönen Sachen?

Wär' ich auch, wenn ich solche Klamotten tragen müßte, sagt der elegante Herr Wollin. Also, Carsten, gewanden wir uns heute einmal ganz bescheiden.

Carsten freut sich, das Wort kannte er noch nicht.

Die bescheidene Gewandung gelingt nicht völlig. Max

Wollin und sein Enkel fallen nicht gerade auf wie zwei bunte Hunde, aber mehr als flüchtige Blicke werden ihnen schon geschenkt. Wollin bedauert, einen Hut zu tragen. Er hätte sich von seinem Schwiegersohn eine dieser Schiebermützen borgen sollen. Andererseits, den Proletarier nimmt ihm sicherlich niemand ab.

Berta ist nicht zu Hause. Hinter der Wohnungstür rührt sich nichts.

Guck doch mal durch den Briefschlitz, vielleicht siehst du etwas.

Nee, Opa, im Korridor ist es dunkel.

Bertas Nachbarin öffnet die Tür. Sie kennt Wollin und seinen Enkel.

Berta ist nicht da, sagt sie. Ick würd mir nicht wundern, wenn die in München is.

Was sollte sie denn in München?

Wat wohl, Herr Wollin? Ihre Tochter suchen. Sie wissen ja, wat Berta annimmt.

Ja, sagt Wollin, daß diese Schauspielerin, diese Frieda Garbe, eigentlich Friedel Barbe heißt.

So isses! Ick sag noch zu ihr, Berta schreib meinswejen ans Theater, ruf an, jeh zur Polizei, aber erspare dir diese weite Reise. Ick hab jenau jesehen, dasse diesen Jedanken ventiliert hat. Du wirst nur enttäuscht, ha' ick jesagt, und teuer isset och noch.

Zur Polizei geht Berta nicht, sagt Max Wollin, auch damals hat sie die Behörden nicht eingeschaltet.

Ick weeß. Scham war det und Stolz! Wollnse 'n Kaffee?

Vielen Dank, sagt Carsten, aber Oma wartet.

Der Junge hat im Osten immer Angst, daß ihm seine schöne Armbanduhr von den Russen geklaut wird. Das machen die nämlich, hat Oma erzählt.

Verstehe, die will wissen, wat los is.

Jenau, sagt Wollin, dem »dieser typische Ostgeruch« in die feine Nase steigt.

Ick sag, daß Sie hier waren, wennse zurückkommt. Dann ruftse vom Zeitungsladen bei Ihnen an. Ich kümmer mich drum. Uff die alte Manke is Verlaß!

Sehr freundlich von Ihnen, liebe Frau Manke. Einen schönen Tag noch.

Ihnen och, Herr Wollin. Sie wirft einen kritischen Blick auf seinen Enkel: Der wächst ja janich, der Kleene.

Carsten möchte Frau Manke gegens Schienbein treten oder anspucken oder »blöde Kuh« schimpfen, aber es gelingt ihm, seine Wut zu zügeln, weil sein Großvater sagt: Carsten wächst ein wenig langsam, Frau Manke. Wenn man genau hinguckt, sieht man, daß er peu à peu wächst.

Mein Bruder ist einsfünfundachtzig, sagt der Junge. Das werde ich auch bald sein.

Nüscht für unjut! sagt Frau Manke. Ick mein ja bloß.

Auf der Straße sagt Carsten: Frau Manke ist ziemlich dumm, stimmt's, Opa?

Sie ist alt.

Aber du bist auch alt, Opa.

Das ist eine ganz einfache Frau.

Hast du gehört, wie die berlinert? Dette und icke, sagt die.

Wollin lacht: Und Oogen, Fleesch und Beene.

Carsten guckt sich um: Schön ist es hier nicht, am Ku'damm ist schöner.

Heute nicht, sagt Wollin. Ich muß mich hinlegen.

Ja, Opa.

Am Freitag steht Berta Barbe mit spürbar schlechtem Gewissen in Wollins langem Flur.

Ach, sagt Else schnippisch, läßt du dich auch mal wieder blicken.

Verzeih mir, Elschen, sagt Berta eingeschüchtert, aber am Mittwoch ist etwas dazwischengekommen.

Und in ganz Köpenick war kein Telephon aufzutreiben, ja?

Ich habe jemanden kennengelernt.

Einen Mann?

Ja, einen netten Witwer.

Berta, wie alt bist du?

Neunundsechzig, das weißt du doch.

Eben! Geht man mit knapp siebzig noch auf Männerfang? Dein Körper wird ja wohl diesbezüglich keine Bedürfnisse mehr haben. Oder täusche ich mich? Entschuldige, Berta, aber du stehst an der Schwelle zum Greisenalter, da wird mit keinen netten Herren mehr angebändelt. Berta, ich frage dich jetzt directement: Warst du mit dem »netten Witwer« im Bett?

Nein, Elschen, aber wir haben uns einen angezwitschert. Berta muß leise kichern.

Trinkt diese leichtfertige Person mit fremden Männern Alkohol! Ich faß es nicht. Berta, dein Galan hätte dich willenlos machen können, und du weißt, was die Männer mit solchen Frauen tun!

Schön wär's, sagt Berta. Mein Galan, wie du ihn nennst, ist vierundsiebzig, hat einen Herzklappenfehler und Gicht. Der wird mit einer willenlosen Frau nicht viel anzufangen wissen.

Berta, Männer können zu Tieren werden, in jedem Alter, in jedem Zustand. Mehr sag ich nicht!

Mein Gott, wir haben ein bißchen zuviel getrunken, und da bin ich halt am Mittwoch auf dem Sofa eingeschlafen.

Auf seinem Sofa?

Nein, liebste Freundin, auf meinem Sofa.

Und wo war er?

»Er« war zu Hause bei sich.

Und wo, bittschön, habt ihr gezecht?

In einem Café, gleich bei mir um die Ecke.

Gleich bei dir um die Ecke gibt es keine Cafés, Berta. Da gibt's nur Kneipen.

Irrtum, Else, der Osten macht sich.

Zu verbreiten, Else Wollin sei eine der großen hypochondrischen Begabungen ihrer Zeit, kann kaum als üble Nachrede gelten. Damit wird einzig und allein auf eine objektive Tatsache verwiesen, die jedem, der Else Wollin kennt, hinlänglich bekannt ist.

Die Familie, die Freunde, die Nachbarn sind bestens vertraut mit ihren Schwächeanfällen, ihren Absencen und Unpäßlichkeiten, den pausenlosen Mutmaßungen über leichte und schwere Erkrankungen, die sie hatte, hat oder die nur darauf warten auszubrechen.

Da gibt es bedrohliche Blutarmut, wenn Else einmal blaß um die Nase ist und nicht ausschaut wie ein saftiger Pfirsich, was meistens der Fall ist. Da gibt es gefährliches Herzflattern und -flimmern, Herzrhythmusstörungen, Herzschlagstolpern, was vor allem dann auftritt, wenn Else mit den Menschen ihrer Umgebung hadert, wenn sie ihre Bedürfnisse nicht sofort befriedigt, ihre Wünsche nicht sogleich erfüllt sieht. Unter einem leidet sie tatsächlich: Unter Ungeduld und Selbstbezogenheit, unter egomanischen Schüben, die zwar ihr Leben interessant gestalten, der Familie jedoch unendlich viel Verständnis und Nachsicht abverlangen.

Hat das mit der Reeskow zu tun, fragt sich Wollin, damit, daß er den Körper seiner Frau vor vielen, vielen Jahren quasi gegen den einer Jüngeren austauschte? Ist auf die physische Ablehnung mit Anfälligkeit und Überempfindlichkeit reagiert worden, mit dem Vorsatz, nun den eigenen Körper in den Mittelpunkt allen Denkens und Handelns zu stellen? Hat Else Wollin sich gesagt: Wenn Max sich nicht mehr darum schert, dann muß ich das tun. Der wird schon sehen, was er davon hat!

Also hat Wollin sich zu kümmern um eine vitale Geliebte und eine vorgeblich kränkelnde Ehefrau. Letztere erträgt er nur wegen ersterer, aber wahr ist auch, daß er sich bei seinem Elschen erholt von der fordernden Jugendlichkeit der verliebten Tippse. Sein Leben könnte einfacher sein, kräftezehrender schwerlich. Max Wollin muß seit mehr als drei Jahrzehnten als Jongleur auftreten, und er hat Gefallen gefunden an seiner artistischen Begabung. Er läßt sie nicht fallen, die beiden, sie entgleiten ihm nicht. Niemand kommt wirklich zu Schaden, die Reeskow nicht und nicht seine Frau. Die ist mit permanenter Selbstbetrachtung und -diagnose aufs emsigste beschäftigt, widmet sich leidenschaftlich dem aufregendsten Hobby, das man sich aussuchen kann: dem eigenen Körper.

Else Wollin war in ihrem Leben nie krank, jedenfalls nicht ernstlich oder besorgniserregend. Und hätte es nicht die Probleme mit der Galle gegeben, sie wüßte nicht, wie es in einem Krankenhaus von innen aussieht. In ihrem ereignisarmen Leben stellt die Entfernung der Gallenblase im Jahre 1937 einen der wenigen Höhepunkte dar. Mit feinem Stolz und gezähmtem Hochmut erzählt Else gern in aller Ausführlichkeit von ihrer Operation. Sagt Berta Barbe: »Gestern habe ich die alte Manke ins Krankenhaus bringen müssen«, oder heißt es beim Kaffeekränzchen: »Im Osten herrschen katastrophale Zustände in den Heilstätten!«, reagiert und kommentiert Else einfach nicht, sie ergreift vielmehr die Gelegenheit beim Schopfe und legt unbeirrt los: »Als ich damals in der Charité gelegen habe …« Da vermag selbst ihre alte Freundin sie nicht zu bremsen, der die Geschichte seit einem Vierteljahrhundert zugemutet wird. Unbeirrt von Bertas »Nicht schon wieder, Elschen!« verkündet die, als handelte es sich um die brandheißeste Nachricht seit Abdankung des Kaisers, sie habe 1937 in der Charité gelegen. Nicht in irgendeinem Krankenhaus, nein, in der … und dann folgt dieses wunderbare französische Wort, das natürlich auch Berta Barbe süß in den Ohren klingt. Aber es kommt noch besser: In meinem Fall war eine Operation durch den Chefarzt persönlich (noch nennt Else keine Namen) notwendig. Es sah nämlich gar nicht gut aus, wie mir (hier hebt sie jetzt die Stimme) Professor Sauerbruch anvertraute.

Sauerbruch? Der Sauerbruch? Das Skalpell-Genie? Der Chirurg mit den gesegneten Händen? Der OP-Zauberer, um den die Charité, die Hauptstadt, das Deutsche Reich weltweit von allen armen Kreaturen, die unters Messer mußten, glühend beneidet wurden?

Ja, sagt Else, eben dieser. Als es in den Zeppelin ging, hat er meine Hand gehalten und gesagt: Frau Wollin, ich werde mein Bestes geben! Ein feiner Mensch und begnadeter Mediziner, dieser Professor Sauerbruch. Ich war sehr zufrieden mit ihm.

Elses Redefluß stockt, irritiert guckt sie ihre Zuschauer an. Warum fragt niemand, was Zeppelin bedeutet, oder glauben die etwa, sie sei in einem silbernen Luftschiff operiert worden?

Endlich stellt jemand die Frage: Zeppelin, Frau Wollin? Was meinen Sie damit?

Nun, in der Charité lagen sechs oder sieben Operationssäle hintereinander, und das hat die Ärzte und Patienten an einen Zeppelin denken lassen. Ich sagte zu Sauerbruch: Wie passend, Herr Professor! Die Berliner finden immer so reizende Spitznamen. Zeppelin, köstlich! Ach, wir haben viel zusammen gelacht, der alte Sauerbruch und ich.

Der alte Sauerbruch! Mit einer Vertrautheit spricht Frau Wollin von diesem Halbgott in Weiß, man glaubt es kaum!

Leider kennt auch der kleine Carsten seit Jahren diese Geschichte, und leider hat sie ihn lange beeindruckt. Bedauerlicherweise hat er sie auch einmal weitererzählt. Da berichtete einer der großen Jungen, daß seine Großmutter den Führerschein gemacht habe und sich nun ein Auto kaufen werde.

Da biste platt, sagte er zu Carsten.

Na und, antwortete der, dafür ist meine Oma von Professor Sauerbruch operiert worden!

Zu Carstens Beliebtheit bei den älteren Jungs trug das nicht gerade bei. Dummerweise war Funke in Hörweite gewesen. Der gemeine Mensch rief Carsten zu: Schönen Gruß an Professor Sauerbruch! Wochenlang bat der Hauswart, diesen Gruß auszurichten.

Verständlich also, daß Carsten die Charité-Geschichte regelrecht haßt. Er hat daraus gelernt, daß man mit allem nicht überall angeben sollte, daß man genau hinschauen muß, bevor man etwas erzählt. Frau Dallmann wäre gewiß beeindruckt gewesen. Aber Frau Dallmann ist bereits vor Jahren von Frau Wollin über deren Beziehung zu dem Jahrhundert-Chirurgen informiert worden.

Zweimal stand Elses Hypochondrie in voller Blüte. Das war in den 30er Jahren, als Ilse, das Dienstmädchen, ins Haus kam und 1960, als Graf Waldau im Truseweg seine Praxis eröffnete. Wenn Ilse in der Küche die Mahlzeiten vorbereitete oder den langen Flur fegte oder bügelte, legte sich Else auf ihre Chaiselongue, um sich vom Anblick des fleißigen und fixen Mädels zu erholen. Ilse war geschickt und effizient; alles ging ihr schnell von der Hand; sie war beliebt bei Frederieke und Max Wollin, der sich mehrmals täglich daran erinnern mußte, daß man mit dem Personal nichts anfängt.

Immer ein freundliches Lächeln auf den Lippen, sagte er zu dem hübschen Ding, und die einzige Freiheit, die er sich herausnahm, war ein väterliches Tätscheln ihrer Wangen.

Die Reeskow ist gar nicht begeistert von dem Familienzuwachs; sie kennt ihren Max, sie kennt die abenteuerlustigen Backfische, vor allem aber kennt sie ihr eigenes Alter (Anfang Dreißig) und Ilses Alter (keine Zwanzig). Nicht in Else, der vor Gott und dem Gesetz Angetrauten des Max Wollin, steigt Eifersucht auf und Angst vor einer unschicklichen Liaison, sondern in der Geliebten, die diesbezüglich ihre Erfahrungen hat und weiß, wie schnell es zu einer Affäre kommen kann. Nein, glücklich ist die Sekretärin nicht über das Ilschen in der Wollinschen Wohnung.

Putzt die wenigstens die Fenster? fragt sie Max.

Nein, das gehört nicht zu ihren Pflichten, sagt Max, Ilse ist keine Reinemachefrau, Ilschen ist unsere Haustochter. Fürs Grobe haben wir immer noch die alte Pottek.

Aha, sagt die Reeskow, dann ist sie also für das Feine zuständig! Ich möchte nicht wissen, wie das aussieht.

Max wird wütend: Findest du nicht, daß deine Anspielungen mehr als lächerlich sind? Ich werde mich ja wohl nachts nicht in die Dienstmädchenkammer schleichen, um das brave Ilschen zu verführen.

Du wärst nicht der erste Herr des Hauses, der sich dieses Recht herausnähme. Das ist üblich in den besseren Kreisen.

Meine Liebe, du liest zuviel Schundromane. Im wirklichen Leben geht es entschieden züchtiger zu.

Die Reeskow steckt eine Zigarette in ihre silberne Spitze: Das will ich hoffen, Max. Ich bin nämlich nicht die Frau, die sich ohne weiteres betrügen läßt. Vergiß das nie, Bärchen!

Wollin denkt vor dem Einschlafen: Dieses Biest! Die hat mich geheiratet, ohne daß ich das gemerkt habe. Das ist nicht meine Geliebte, das ist Gattin Numero Zwo!

Else ist zufrieden. Max hat die Reeskow, sie hat Ilse. Jeder, was er braucht. Im übrigen ist es höchste Zeit, daß ihr jemand bei der Haushaltsführung hilft. Ihr Gesundheitszustand stellt sich nicht als einer dar, der ein reibungsloses Funktionieren garantieren könnte.

Mein Kreislauf ist instabil, mein Blutdruck zu hoch, leicht wird mir schwindlig, und wie oft wache ich auf mit rasenden Kopfschmerzen, klagt sie ihrer Freundin Berta, die sich zu erinnern meint, daß der Blutdruck vor zwei Wochen noch zu niedrig gewesen war und daß Else mit rasenden Kopfschmerzen nicht erwachte, sondern einschlief. Was heißt einschlief, Else macht nachts kein Auge zu, das ist bekannt von Truseweg 2 bis 12, allenfalls dämmert sie mal ein halbes Stündchen oder wenn das Pochen in der Schläfe und der Druck unter der Schädeldecke nachlassen – selten genug wird ihr diese Gnade gewährt –, schlummert sie ganze sechzig Minuten und dankt dafür ihrem Schöpfer auf den Knien. Metaphorisch gesprochen, denn Else wird ja immer schwindlig, wenn sie sich bückt.

Berta, du kennst mich. Ich gehöre nicht zu diesen hysterischen Frauen, die bei jeder Flatulenz den Notarzt holen. Ich habe gelernt, mit der Anfälligkeit meines Körpers zu leben. Klaglos, liebe Berta!

Mmh, sagt Berta, so ganz stimmt das nicht, Elschen. Wenn wir uns sehen, sprechen wir die erste Stunde ausschließlich über deine Gesundheit. Nur wenn es nichts Akutes gibt, erkundigst du dich nach meinem Befinden.

Über meine Gesundheit sprechen wir? Welche Gesundheit, Berta? Das wäre leider ein sehr kurzes Gespräch! Aber, bitte, falls ich dich langweile oder gar belästige mit meinen Leiden, werde ich künftig schweigen. Ich war töricht genug zu glauben, daß es wenigstens einen Menschen auf Erden gibt, vor dem ich meinen Kummer nicht verbergen, nicht die starke Frau und Mutter spielen muß. Für meine Offenheit und mein Vertrauen in die Freundschaft will ich mich gern entschuldigen, Berta. Wird nicht mehr vorkommen. Sei so lieb und reiche mir die Tropfen, die auf der Kommode stehen.

Else, nun schnapp doch nicht immer gleich ein! Ich weiß, daß du keine Pferdenatur bist und gut auf dich aufpassen mußt, aber tu mir die Liebe an, dich nicht pausenlos zu beobachten! Wer Krankheiten sucht, wird Krankheiten finden.

Wenn du meinst, sagt Else Wollin spitz. Und wie geht es dir, liebe Berta?

Du wirst noch mit dieser Chaiselongue untrennbar verwachsen, Else. Mal ehrlich, wie viele Stunden verbringst du auf dem Ding?

Seitdem Ilse im Haus ist, trifft Wollin seine Frau meistens liegend an, wenn er aus dem Geschäft kommt.

Else, denk daran, wer rastet, rostet!

Vor zehn Minuten habe ich mich hingelegt, mir war in der Küche schwindlig geworden. Frag Ilse! Beim Kochen wird mir immer so heiß.

Ilse kocht, nicht du.

Nach meinen Anweisungen, lieber Max, unter meiner Aufsicht! Glaubst du vielleicht, daß ein Backfisch von sich aus diese feinen Speisen zubereiten könnte, nach denen du verlangst?

Verstehe, du kümmerst dich um die Theorie, Ilschen um die Praxis. Das ist klug von dir, und es schont deinen zarten und filigranen und fragilen und delikaten Leib.

Bei diesen Worten legt Max seine Hände auf Elses Brüste, die äußerst stattlich sind.

Else kichert: Was dieser Mann sich herausnimmt! Behandelt man so eine Dame?

Nur so! sagt Max.

Die Reeskow ist krankgeschrieben. Grippe.

Ein Erstarken der schwächlichen Else ist im Frühjahr 1942 zu diagnostizieren. Das Ilschen kommt nicht mehr, und die alte Pottek mag nicht mehr. So ein Weltkrieg macht halt an der Schwelle zum Wollinschen Heim nicht halt. Durch die Fenster und Türen dringt er, durch die Ritzen und Schlitze. Else sieht das mit Verwunderung und Empörung. War dieser Krieg denn wirklich nötig? fragt sie sich düpiert. Es ging uns doch gut bis 1939, 1940. Wir sind in Polen, wir sind in Frankreich. In ganz Europa sind wir. Was um Himmels willen haben wir in Rußland verloren? Von diesem bitterarmen Land können wir nichts erwarten, da gibt es keine Seidenblusen und Parfüms und Champagner, die man in die Heimat schicken könnte. Rußland ist groß, und Rußland ist kalt. Was hat diesen Hitler nur gereizt, gen Moskau zu ziehen? Das werde ich nie verstehen!

Es ist nicht so, daß Else über die Tatsache, aus Paris kein Chanel No. 5 mehr zu bekommen, trauriger ist als über den Umstand, daß der brave Georg momentan vor Woronesch im Schützengraben liegt. Aber Else sieht immer das große Ganze, sieht zugleich das Positive und das Negative. Mit einem Blick, der ungetrübt ist von hinderlichen Gefühlen, erkennt sie schnell, was ihr zum Nachteil gereicht, was zum Vorteil. Darauf stellt sie sich ein, versucht aus den widrigen Umständen das Bestmögliche zu machen.

Else Wollin beschließt zu kämpfen. Eine große Kraft durchströmt sie – das spürt sie förmlich –, die es ihr ermöglichen wird, in diesem schrecklich überflüssigen Krieg zu bestehen.

Jetzt nehm ich das Heft in die Hand! beschließt sie in Gegenwart ihrer verblüfften und skeptischen Freundin. Berta, jetzt sind wir Frauen dran!

Else und Berta sind von den Kerlen enttäuscht. Zwar sagt Max immer: Elschen, Krieg ist Männersache! Aber dann muß er sich sogleich die Frage gefallen lassen: Und wieso klappt das nicht mit den Männern und dem Krieg? Und wieso fallen auf Lübeck Bomben?

Bitte keine wehrzersetzenden Bemerkungen, meine Liebe!

Kannst mich ja melden, du getreuer Parteigenosse!

Else, bitte! Nicht einmal im Scherz darfst du so etwas sagen. Du solltest eines aber bedenken, das Schlachtenglück ist wie eine Frau – launisch, untreu, kapriziös.

Laß das nicht Georg hören. Kapriziös! An diesem Krieg ist überhaupt nichts kapriziös.

Elses erste Maßnahme zur Niederschlagung der kriegsbedingten Widrigkeiten ist der Vorschlag, Eß- und Herrenzimmer zu verschließen und dort die Heizung herunterzudrehen.

In diese Räume gehen wir nur noch sonn- und feiertags. Das macht die Wohnung zwar kleiner, aber Rieke und ich müssen dann nicht gleich immer fünf Zimmer putzen. Ich denke, wir verzichten auch auf Stoffservietten zu den Mahlzeiten, auf Kerzen und Kristall.

Max, prophezeit Else, es stehen Zeiten ins Haus, da werden wir unser Silber gegen einen Kanten Brot eintauschen!

Sieh nicht immer so schwarz, entgegnet Wollin, nach den

Frontbegradigungen im Osten geht es wieder bergauf. Nun entschuldigst du mich bitte. Ich will im Keller drei Holztröge und einen großen Löffel schnitzen, damit wir unser KPM-Geschirr schonen. Und morgen besorg ich mir eine alte Pferdedecke, aus der du mir einen Wintermantel schneidern kannst.

Rieke greift den Scherz auf: Ich sehe bestimmt traumhaft aus in diesen schicken Kartoffelsäcken.

Else Wollin sagt kühl: Diese Art von Humor ist derzeit nicht angebracht. So darf man in den fetten Jahren scherzen. Ironie und Weltkrieg vertragen sich nicht!

Max und Rieke verstummen. Jetzt wird es lange nichts mehr zu lachen geben.

Jetzt wird's ernst.

Sehr schnell bemerkt Berta Barbe, daß von einem dauerhaften Erstarken ihrer Freundin eher nicht gesprochen werden kann. Nach drei, vier Wochen heroischer Selbstverleugnung melden sich bei Else wieder die Zipperlein, und eine Müdigkeit überfällt sie, die erst im Oktober 1944 langsam abklingen wird.

Alles bleibt beim alten. Auch an den Wochentagen zieht sich Wollin, wie gehabt, zum Rauchen ins Herrenzimmer zurück, und Rieke deckt abends den Tisch, als wollte sie den ersten Preis im Wettbewerb »Die festliche Tafel« gewinnen. Ersatz für das Ilschen und die alte Pottek ist auch gefunden. Die junge Frau Wetzel vom zweiten Stock, Kriegerwitwe seit einem halben Jahr, kommt dreimal die Woche, um Else zur Seite zu stehen. So hatte die das formuliert: Ich brauche jemanden, Max, der mir zu Seite steht. Allein schaffe ich es nicht mehr. Sei so lieb und gib mir die Tropfen, die auf der Kommode stehen.

Max sagt: Bei Frau Wetzel brauch ich mir wenigstens keinen neuen Vornamen zu merken. Die heißt auch Ilse, nicht wahr?

Max, die heißt Elke!

Das Mädchen, das sich damals bei Wollins um den Haushalt kümmerte, kennt Elke Wetzel aus den Erzählungen ihrer Freundin Rieke.

Mach deiner Mutter bitte klar, daß ich nicht ihr Ilschen, nicht die Perle oder Putze bin. Ich serviere keine heiße Schokolade ans Bett, und ich trage weder gestärkte Häubchen noch gerüschte Schürzchen. Ich bin mir für keine Arbeit zu schade, aber ich gehöre nicht zum Veltheimschen Personal!

Die beiden Frauen, Else und Elke, kommen gut miteinander aus. Frau Wollin bekämpft erfolgreich ihre Anflüge von Herrschsucht, Frau Wetzel bekommt ihre Empfindlichkeit in den Griff.

Elke Wetzel ist eine tapfere kleine Frau, sagt Else.

Das sind übrigens alle Kriegerwitwen. Patente junge Frauen hingegen sind solche, die noch einen Mann haben, sich adrett kleiden und mit Else gutgelaunt auf der Straße plaudern. Es gibt natürlich auch noch die anderen: die Dämchen oder Halbweltdamen, die Kokotten und spinösen Ziegen, die mannstollen Weiber und die raffinierten Frauenzimmer, ja selbst das unschöne Wort »Schlampe« ist Else nicht ungeläufig, wird aber kaum benutzt, zumal nicht vor der Tochter, die schon eine richtige junge Dame ist, wie Else alle Töchter aus besseren Familien nennt. Dieser Status erfordert keine Eigenleistungen, der kommt mit den Eltern.

Max Wollin hat Elke Wetzel gern um sich, weil sie ihn mit ihrer Trauer nicht belästigt, weil sie ihre Arbeit verrichtet, ohne seine Ruhe zu stören, und weil sie der Tochter eine zuverlässige Freundin ist. Manchmal kommt sie mit verweinten Augen herunter in die Beletage, dann sagt er: So, Frau Elke, jetzt rauchen wir erst einmal eine schöne Zigarette.

Den Kaffee läßt er seine Frau servieren. Was die gerade noch schafft, denn – das redet sich Else mit nicht geringem Erfolg ein – um ihre Gesundheit (Welche Gesundheit, Berta?) steht es nicht zum besten. Die ist erst dann kein

Thema mehr, als in der Innstraße die Bomben fallen und Max zum Volkssturm einberufen wird. Im Oktober '44 ist der Truseweg verwaist. Er wird eine Straße der Frauen. Männer, gleich welchen Alters, scheinen hier nicht mehr zu wohnen.

Erst in der Nachkriegszeit widmet sich Else wieder ihrer Hypochondrie, der im April 1960 eine zweite Blütezeit beschieden ist.

Im Truseweg 12 läßt sich ein Arzt nieder. Ein junger Graf!

Zu einem Totalkollaps der Else Wollin von Veltheim kommt es nur deshalb nicht, weil sie rüstig genug sein will, aus eigener Kraft den kurzen Weg von der Wohnung zur Praxis zurückzulegen. Dem Herrn Dr. zu Waldau möchte sie ganz allein und stolzer Haltung gegenübertreten, da verzichtet sie darauf, sich krumm vom Leid bei ihrer Tochter unterzuhaken. Ihre Rolle als Patientin legt sie so an: Anfällig ja, kränklich jederzeit, aber beileibe nicht bresthaft oder gar moribund. Schließlich will sie den Grafen nicht nur als Behandlungsbedürftige beeindrucken, sondern darüber hinaus als Dame in den besten Jahren. Deshalb redet sich Else Wollin Krankheiten ein, die nicht bedrohlich, dafür aber beständig sind.

Ein Arztbesuch pro Woche muß drin sein.

Die Bewohner des Trusewegs, genauer gesagt: die Bewohnerinnen, suchen an dem Tag, als Waldau und Scholze das Praxisschild anbringen, fieberhaft nach Gründen, das Haus 12 zu passieren. Da heißt es plötzlich: Ach, uns ist das Paniermehl ausgegangen. Oder: Gar kein Bier im Haus. Oder: Ich spring noch mal schnell zu Wegner (dem Tabakhändler), du hast ja kaum noch Zigaretten!

Alle Frauen scheinen heute von dem Vorsatz beseelt, ihren Männern jeden Wunsch von den Augen abzulesen, sie zu verwöhnen und mit Alkohol und Nikotin auf das großzügigste zu versorgen. Dahinter steht natürlich das brennende Bedürfnis, aus der Wohnung zu kommen, um mit eigenen Augen das Praxisschild zu studieren. Ein richtiger Graf ist dieser spacke junge Mann mit den dünnen Haaren? Wer hätte das gedacht! Niemand – außer Else Wollin!

Die hat als Enkelin einer Comtesse einen Blick für Nobilität, ja, sie scheint die Gabe zu haben, blaues Blut zu riechen, unter all den Ausdünstungen des Dritten Standes zu erschnüffeln. Max Wollin meint: Elschen, du bist ein richtiges Trüffelschwein des gesellschaftlichen Parketts. Diese Bemerkung wird noch in hundert Jahren von den Scholzes und Wollins zitiert werden; jeder Neffe, Schwager, Cousin wird sie kennen, als stünde sie in goldenen Lettern im Familienstammbuch. Selbst Georg Scholze kann diesmal seinem Schwiegervater ein anerkennendes Schmunzeln nicht versagen.

Dem Waldauschen Schild ist zu entnehmen, daß ab acht Uhr früh praktiziert wird. Am nächsten Morgen, dem letzten Donnerstag im April, steht Else Wollin, herausgeputzt, als ginge sie zum Abschiedsball ihres ominösen Lyzeums, vor dem Haus 12. Sie steht dort nicht allein. Sechs Frauen waren schneller als sie, Else muß sich in eine Schlange einreihen, die um acht Uhr bereits bis zum Haus 10 reicht. Endlich öffnet sich eines der Parterrefenster, und eine junge blonde Frau in Schwesterntracht sagt lächelnd: Meine Damen, wenn Sie jetzt bitte kommen würden. Die Praxis ist eröffnet.

Der Richter a. D. Adam, einziger Mann unter den Heilbedürftigen, ärgert sich, mit den Weibern in einen Topf geworfen zu werden. Er ruft der Arzthelferin zu: Mich lassen Sie aber auch rein, nicht wahr, Schwester? Die denkt: Das wird ein schwieriger Patient, und Else Wollin flüstert ihrer Nachbarin zu: Dieser alte Knacker findet immer etwas zum Meckern.

Else Wollin genießt im Wartezimmer, das sich bedrohlich füllt, eine Sonderstellung. Die Frauen aus dem Truseweg wissen, daß ihr Schwiegersohn Waldau beim Renovieren geholfen hat, daß die beiden dann und wann im »Parkrestaurant« beim Bier zusammensitzen, daß sie sich duzen! Georg heißt es und Otto, nix da Herr Scholze, nix da Herr Graf.

Else Wollin hält es für angebracht, nein, für dringend geboten, den Wartenden ein paar Feinheiten für den protokollgerechten Umgang mit dem Adel zu verraten.

Nie, meine Damen, erklärt sie einer gebannt lauschenden Zuhörerschaft, redet man einen Grafen mit Herr Graf an. Man sagt Graf und fügt den Namen des gräflichen Geschlechts hinzu, in unserem Falle also: Graf Waldau.

Und was mach ich mit dem Doktortitel? fragt eine ältere Dame aus Haus 8.

Das ist nicht so leicht zu beantworten, gibt Else zu bedenken. Der erfordert selbstverständlich stets das vorangestellte Herr. Einerseits scheint die Anrede Herr Dr. Graf zu Waldau comme il faut zu sein, andererseits verstoßen Herr und Graf, in einem Atemzug genannt, gegen die zu befolgenden Benimmregeln.

Else Wollin ist stolz auf ihre kundige Unterweisung.

Sie scheinen Ihren Knigge gut zu kennen, Frau Wollin, brummt der alte Adam. Mit den Gesetzen sind Sie aber nicht vertraut! Seit Ende des Krieges sind alle Adelstitel abgeschafft, es gibt keine Prinzen und Fürsten und Grafen mehr. Die sind das nicht mehr, die heißen nur noch so.

Aha, sagt die lernbegierige Dame von Haus 8. Dann wäre Herr Graf zu Waldau also vollkommen korrekt, weil er nicht nur Waldau heißt, sondern auch Graf. Wie meine Nachbarin, die Hilde Graf.

Else schüttelt empört den Kopf, interveniert jedoch nicht. Frau Graf zu erwähnen, eine kleine Verkäuferin! Was ist aus dieser Welt geworden!

Meine Dame, sagt Adam, Sie haben das sehr richtig verstanden. Im Gegensatz zu Frau Wollin, die Ihnen Blicke zuwirft, als wären Sie eine Königsmörderin.

Herr Adam, mischt sich Frau Dallman ein, Sie sollten unter uns Frauen keine Zwietracht säen! Das wird Ihnen nicht gelingen! Nicht wahr, meine Damen?

Dem stimmen die Damen aus vollem Herzen zu. Eine resolute Person, diese Frau Dallmann! Adam ärgert sich maßlos, mit diesen dummen Gänsen überhaupt geredet zu haben. Knurrend verschwindet er hinter seiner »Morgenpost«. Man hört ihn nur noch rasselnd atmen.

Asthma, diagnostiziert Else. Da wird sie von Schwester Gisela aufgerufen: Frau Wollin, bitte!

Else schreitet in Richtung Behandlungszimmer. Gott, schießt es ihr durch den Kopf, was sag ich nur? Ich hab doch gar nichts. Ach, ich werd erst einmal von Georg grüßen.

Die Tür öffnet sich. Dr. Otto Graf zu Waldau bittet mit anmutiger Geste einzutreten. Else kommt sich für eine Sekunde vor, als würde sie bei Hofe eingeführt werden. Es geht ihr blendend wie lange nicht!

Seit der Rettung von Fritz lassen Günni und Stephan es sich gutgehen bei Kutte Schneider. Keineswegs hocken sie mehr auf den Stufen des Elsenstegs, sie residieren vielmehr im »Parkrestaurant«. Da wird eine Flasche Cola nach der anderen geleert, werden mehrere Paar Würstchen mit Kartoffelsalat verdrückt, munden als Dessert ein oder zwei Täfelchen Nußschokolade. Schauen die Gymnasiasten abends bei Schneider vorbei, darf es auch schon einmal das eine oder andere Bier sein, halbe Liter, versteht sich, damit der alte Schneider nicht so oft rennen muß.

Günni und Stephan sehen sehr wohl, daß Schneider nicht unbedingt glücklich ist über die Lebensretter, die keine müde Mark bei ihm lassen, aber ist das ihr Problem? Sie sind die Helden! Der Wirt ist ratlos: Wie lange muß ich die beiden noch aushalten? Etwa bis Fritz eines Tages seine traurigen Hundeaugen schließt?

Wenn die hungrigen und durstigen Burschen sich seiner Kneipe nähern, würde Schneider am liebsten ein Schild an die Tür hängen: Heute geschlossene Gesellschaft!

Aber so anteilnehmend erkundigen sie sich nach Fritzens Wohlbefinden, so zärtlich streicheln sie sein struppiges Fell, da kann er ihnen nicht hartherzig die Tür vor der Nase zuschlagen. Sie reden sogar mit Fritz, wie das sonst nur Schneider tut, der nicht die geringsten Zweifel hat, von diesem dummen häßlichen Köter verstanden zu werden. Fritz versteht jedes Wort!

Günni pflegt ihn zu ermahnen: Meide den Kanal, mein Süßer, meide die Böschung! Ich bin nicht immer zugegen, wenn du ins Wasser fällst. Frage dein Herrchen, der weiß, daß ich mich auch um andere Tiere und Menschen zu kümmern habe.

Neutrum! Dein Herrchen, das weiß! wird er von Stephan korrigiert. Im übrigen, Fritz, wer hat dich vor dem Ertrinken gerettet? Sehr richtig! Das war ich!

Jawohl! sagt Schneider und hat wieder das herzzerreißende Jaulen seines mit dem Tode ringenden Hundes im Ohr. Der rührselige Kneipier könnte seinen Fritz und Stephan spontan in die Arme nehmen und den Lebensretter vor Dankbarkeit abküssen. In diesem Augenblick ahnt er, daß er noch lange kostenlos auftischen wird. Er kann nicht anders. Fritz lebt!

Als Max Wollin endlich zum Arzt geht, ist es Anfang Mai, mehrmals hat er den Besuch verschieben können. Waldau begrüßt ihn mit den Worten: Jetzt dürfte ich alle Mitglieder des Familienverbandes Scholze-Wollin kennen. Ihren Schwiegersohn, Ihre Tochter, die Enkel, selbstverständlich Ihre Frau und nun Sie.

Ja, sagt Wollin, mehr sind wir in der Tat nicht, jedenfalls nicht im Truseweg. Ein paar sind noch über die Stadt verteilt.

Wollin würde gern Konversation treiben, mit dem Arzt plaudern. Ein bißchen verbales Geplänkel, und dann raus aus dieser Praxis. Waldau drängt ihn nicht, kommt nicht gleich zur Sache, erst nach ein paar Minuten fragt er: Was führt Sie zu mir, Herr Wollin? Ihre Frau ist entschieden mitteilungsfreudiger als Sie.

Wohl wahr. Meine Else ist eine dieser leidenschaftlichen Patientinnen, die aus den Behandlungszimmern gezerrt werden müssen.

Nun, sagt Waldau diplomatisch, sie scheint sich hier nicht unwohl zu fühlen. Jetzt zu Ihnen, Herr Wollin. So schlimm wird's schon nicht werden. Ich höre.

Irgend etwas stimmt mit meiner Verdauung nicht, sagt Wollin. Ich verspüre häufig Stuhldrang, führe aber ganz selten ab. (Diesen Satz hat er sich Wort für Wort im Wartezimmer zurechtgelegt. Nun wird improvisiert.) Ich habe diesen ständigen Druck im Bauch, der äußerst lästig ist und mich nachts kaum schlafen läßt.

Haben Sie sonst noch etwas Ungewöhnliches festgestellt? fragt Waldau.

Kleinlaut antwortet Wollin: Ich habe Blut im Stuhl. Sagen Sie das aber um Himmels willen nicht meiner Familie. Die machen immer gleich die Pferde scheu.

Seit wann?

Seit wann sie die Pferde scheu machen?

Herr Wollin, Sie haben mich schon verstanden. Fällt es Ihnen so schwer, darüber zu sprechen?

Ja, sagt Wollin, ich finde eben nicht, daß mein Stuhlverhalten ein erquickliches Gesprächsthema ist.

Ein notwendiges scheint es allemal zu sein, Herr Wollin. Also: Wann haben Sie das zum ersten Mal entdeckt?

Na, ein paar Wochen mag das her sein.

Waldau zeigt auf eine Liege: Ich werd Sie mal abtasten. Machen Sie bitte den Bauch frei.

Als Wollin sein Hemd wieder in die Hose steckt und seine Krawatte richtet, sagt Waldau beiläufig: Ich schicke Sie vorsichtshalber zum Internisten. Der wird bei Ihnen eine Rektoskopie vornehmen. Sicher ist sicher.

Wollin sagt nichts, zeigt keine Reaktion.

Irritiert fragt Waldau: Sie wissen, was eine Rektoskopie ist?

Wollin zieht schweigend sein Jackett an.

Herr Wollin, das ist eine Routineuntersuchung, das besagt noch gar nichts.

Glauben Sie das, Herr Doktor?

Waldau schaut sich um: In diesen Räumen glaube ich gar nichts.

In diesen Räumen heiße ich euch hoffen, sagt Wollin bitter.

Warum nicht. Hoffnung hilft.

Das haben Sie schön gesagt, Herr Doktor.

Sie waren nicht oft krank in Ihrem Leben, nicht wahr, Herr Wollin?

Krank war ich wirklich nie. Dafür ist meine Frau zuständig, das ist ihr Ressort. Gern habe ich das akzeptiert. Was die Götter an Krankheiten für die Wollins vorgesehen hatten, wurde von meiner Else bereitwilligst angenommen. Die Götter waren übrigens gnädig. Schlecht ging es auch meiner Frau nie. Die ist pumperlgesund, oder?

Waldau schmunzelt: Sagen wir so, sie wird Ihnen noch lange eine liebende Gattin sein und mir eine treue Patientin.

Und ich? Werden Sie an mir noch lange Ihre Freude haben, Graf Waldau?

Das wissen die von Ihnen erwähnten Götter, sagt der Arzt.

Und dann geht alles ganz schnell. Am 12. Mai liegt der Befund vor: Die Rektoskopie zeigt Metastasen im Enddarm.

Max Wollin hat Krebs.

Einer Rektumamputation wird er sich zu unterziehen haben. Sein Anus muß verschlossen, ein künstlicher Darmausgang gelegt werden. An einen Beutel wird er sich zu gewöhnen haben, in den sein Kot fließt, an eine Plastikkapsel, die mit einem Gurt um den Bauch geschnallt wird, die ausgewaschen werden muß, die stinken wird.

Max Wollin bangt, als Waldau ihm den Befund mitteilt, weniger um sein Leben als vielmehr um die Gerüche.

Ich werde stinken wie ein ungeleerter Nachttopf, sagt er.

Drastischer kann man das nicht formulieren, Herr Wollin! Nein, Sie werden nicht stinken! Man kann einen Anus praeter sehr gut und sehr einfach reinigen. Zugegeben, äußerst gewöhnungsbedürftig das alles, aber glauben Sie mir, das Problem ist eher ein psychisches als ein hygienisches.

Schwacher Trost, sagt Wollin.

Ja, sagt Waldau.

Und wenn ich mich dieser Operation nicht unterziehe? Wie sehen dann meine Chancen aus?

Schlecht, Herr Wollin, mehr als schlecht.

Als Wollin aus der Praxis kommt, sieht er Carsten, der mit seinem Freund Peter Ball spielt. Elfer-König heißt das Spiel. Ein Tor wird markiert, und jeder Mitspieler ist abwechselnd Torwart und Schütze. Peter Lenz führt 7 zu 3. Wir hätten lieber »Stadt, Land, Fluß« spielen sollen, denkt mißmutig Carsten. Da bin ich besser.

Er sieht seinen Großvater, rennt zu ihm: Na, war's schlimm, Opa? Was hat Herr Dr. Waldau gesagt? Alles in Ordnung?

Das wird man sehen, sagt Wollin, der beschlossen hat, seinen Befund erst in ein paar Tagen der Familie mitzuteilen. Waldau hält das für eine gute Idee. Wollin braucht Zeit, vor allem muß er sich einstellen auf die Reaktion seiner Frau. Davor fürchtet er sich.

Siehst du, sagt Carsten zu seinem Freund, mein Opa ist überhaupt nicht krank.

Das ist schön, sagt Peter. Da freuen wir uns alle.

Lieb von dir, das zu sagen. Wollin streicht ihm übers Haar: Hätten die jungen Herren etwas gegen eine Cola einzuwenden?

Carsten sagt: Die jungen Herren würden sich geehrt fühlen.

Peter Lenz sagt: Genau.

Im »Parkrestaurant« ist Wollin ein seltener Gast, deswegen genießt er besondere Aufmerksamkeit. Der Wirt gibt sich größte Mühe, den feinen alten Wollin tadellos zu bedienen. Der verkehrt am Ku'damm, weiß Schneider, da heißt es aufgepaßt!

Nach dem dritten Cognac sagt Carsten: Opa, gleich bist du betrunken. Hör lieber auf, sonst schimpft Oma.

Meine Mutter schimpft auch, wenn mein Vater Schnaps trinkt, sagt Peter. Das macht er aber nur bei seinen Aquarianern.

Die drei gehen, Schneider geleitet sie mit krummem Rücken zur Tür.

Es war mir ein Vergnügen, Herr Wollin. Beehren Sie mich bitte bald wieder! sagt Schneider in seinem schönsten Deutsch. Schneider, bekanntlich nett, aber keine Leuchte, ist der Ironie nicht fähig. Was er sagt, das meint er.

Wollin spürt den Alkohol. Er will ins Bett, will nichts als schlafen. Else wird er sagen, daß der Befund erst Anfang nächster Woche vorliegen werde.

Wann wirst du zehn? fragt er seinen Enkel.

Opa, du hast zuviel getrunken! Das weißt du doch. Nächstes Jahr im Februar.

Da bin ich fast elf, sagt Peter Lenz.

Ja, du bist schon ein richtiger großer Junge, sagt Wollin.

Er fragt sich, wie lange er die beiden Jungen noch aufwachsen sehen wird.

Mein Opa ist blau, flüstert Carsten seinem Freund ins Ohr. Sieh mal, wie der guckt!

Am Nachmittag beobachtet Stephan seinen Bruder, der am Schreibtisch sitzt.

Was machst du, fragt er, Hausaufgaben? Seit einer geschlagenen Stunde hast du nicht einmal hochgeschaut.

Ich habe keine Zeit hochzuschauen. Ich schreibe an einer Überraschung.

Was für eine Überraschung?

Sag ich nicht.

Ich glaube, ich weiß, was du schreibst – ein offizielles Entschuldigungsschreiben an deinen anbetungswürdigen Bruder: »Hochgeschätzter, über alles geliebter Herr Bruder, ich bedaure zutiefst, in den letzten Monaten nicht die Ihnen im Übermaß zustehende Achtung und Bewunderung dargebracht zu haben. Auch war ich mitunter frech und aufmüpfig und entzog mich oft den Diensten, die Sie mit jedem Recht von mir Unwürdigem und Verachtenswertem fordern. Ich gelobe bei allem, was mir heilig ist, bei meinem Bruder also, Besserung und werde jede harte Strafe, die Sie mir auferlegen, dankbar und freudig akzeptieren. Ich verbleibe, im Staube liegend, als Ihr sklavischster aller Sklaven, gezeichnet Carsten Scholze!«

Wie der wieder redet, denkt Carsten. Ärgern will er mich damit, und beeindruckt soll ich sein. Dem wär es recht, wenn ich nur die Hälfte verstanden hätte.

Sehr witzig, Stephan. Du bist ziemlich schlau, aber ich bin schlauer. Ich schreibe ein Stück, ein Theaterstück.

Stephan ist Pragmatiker. Das ist eine gute Idee, lobt er. Vielleicht kann man daraus ein Hörspiel machen.

Eines ist ihm klar, sollte das »Funkquartett« jemals ein solches produzieren, es wird aus der Feder seines kleinen Bruders stammen.

Wie heißt das Stück? Hast du schon einen Titel?

Ja. Es heißt »Fräulein Reeskow fällt in Ohnmacht – Eine lustige Komödie«.

Komödien sind immer lustig. Schreib einfach »Eine Komödie«.

Da Stephan in den letzten Wochen mit dem Gedanken spielte (und ihn lauthals verkündete), sein Leben der Schauspielkunst zu weihen – das Aussehen ist da, an Talent wird es nicht mangeln, für den Ruhm ist er wie geschaffen –, hält Carsten ihn für einen Fachmann auf dem Gebiet des Theaters; folgsam streicht er »lustig«.

Worum geht es?

Na, eine schöne junge Frau sitzt auf einer Parkbank. Sie stöhnt über die Hitze: »Nein, ist das heute heiß. Unerträglich ist das. Ich werde noch schwitzen, und eine Dame schwitzt eigentlich nicht. Nein, ist das heiß!« Da kommt ein schöner junger Mann und sagt: »Ach, mein schönes Fräulein, Ihnen ist wohl sehr heiß? Sie sollten mit mir ein kühles Eis essen.« Fräulein Reeskow wird ganz blaß um die Nase und öffnet ihre Handtasche. »Wo sind sie nur, wo hab ich sie nur, meine Kreislauftropfen? Wahrscheinlich stehen sie auf der Kommode.« Der Mann verbeugt sich: »Ich glaube, ich kann Ihnen helfen. Ich habe zufällig meine Kreislauftropfen dabei. Die sind auch sehr gut. Darf ich Sie dazu einladen?« »Sie sind sehr gütig, mein Herr«, sagt Fräulein Reeskow, wird aber trotzdem ohnmächtig und fällt von der Bank. Der Mann kniet vor ihr nieder und fächelt ihr mit dem »Tagesspiegel« Luft zu. Da kommt ein älterer, fein angezogener Herr und sagt: »Was machen Sie da, Sie Wüstling? (Das Wort kennt Carsten erst seit ein paar Tagen.) Lassen Sie sofort meine Sekretärin los, oder ich hole die Polizei! Ich durchschaue Sie, Sie sind nicht nur ein Wüstling, sondern auch ein Mädchenhändler!« Dann trägt der ältere Herr Fräulein Reeskow ins Krankenhaus. Dort wird sie wach, küßt Ihren Chef ewig lange auf den Mund und sagt: »Mäxchen, mein Held!« Gefällt es dir, Stephan? Das ist doch ziemlich lustig.

Stephan, immer bereit, sein immenses Wissen weiterzugeben, sagt: Es ist vor allem absurd, dein Stück.

Nein, beschließt Carsten, ich werde nicht fragen.

Ein bißchen kurz ist es, Kleiner. Dafür braucht man keine Viertelstunde.

Kann man nicht ganz langsam spielen und zwei Pausen machen?

Das macht man nur bei Goethes »Faust«.

Ich kann dich überhaupt nicht leiden, sagt Carsten.

Der »Faust« ist ein Drama, das sehr, sehr lang ist und aus zwei Teilen besteht. Zufrieden?

Ja, sagt der Kleine. Goethe kennt er, den zitiert Opa bei allen Jubiläen, Geburtstagen, Eheschließungen, Taufen und Beerdigungen.

Lustig wäre, schlägt Stephan vor, wenn der junge Mann Fräulein Reeskow statt Tropfen Alkohol einflößt, um sie willenlos zu machen. Du verstehst!

Nein, sagt Carsten. Was hat er denn davon?

Stephan erinnert sich des Alters seines Bruders und sagt: Stimmt!

Wollen wir mein Stück aufführen? Du spielst den jungen Mann, Papa den älteren Mann und ich das Fräulein Reeskow.

Warum spielt Mama nicht die schöne junge Frau?

Weil Mama zwar schön ist, aber nicht mehr jung.

Vor wem sollen wir das spielen?

Vor Oma und Opa. Die müssen aber Eintritt zahlen.

Oma wird sich herzlich bedanken, ein Stück über Fräulein Reeskow anzuschauen. Die Großeltern fallen als Publikum schon mal aus.

Auweia, sagt Carsten, für Oma ist das wirklich nichts.

Nenn es doch »Grethe Weiser fällt in Ohnmacht«, schlägt Stephan vor. Und spielen laß es auf dem Flughafen Tempelhof.

Im Februar hat Carsten dort seinen neunten Geburtstag gefeiert, mit den Eltern und Großeltern, mit Stephan und Peter. Ganz viel Kuchen ißt er in dem Flughafen-Restaurant, und heiße Schokolade trinkt er, bis er zu platzen droht. Ein bißchen übel wird ihm. Sein Bruder zischt ihm zu: Kotz hier bloß nicht!

Als sie durch die Halle zum Ausgang gehen, bleiben plötzlich die Leute stehen und schauen zu der breiten Treppe am Eingang. Die schreitet eine schöne, elegante Frau mit Sonnenbrille herunter. Einen Seidenschal hat sie um den Hals geschlungen, in der rechten Hand hält sie eine lange Zigarettenspitze, in der linken ein winziges Hündchen, das ein rosa Schleifchen schmückt. Was Carsten aber am meisten beeindruckt, ist das Goldkettchen, das die Dame um den Knöchel trägt. Schmuck am Fuß, das hat Carsten noch nie gesehen.

Opa sagt: Schau an, die Weiser.

Nicht wenig Flughafenbesucher und Reisende rufen: Guten Tag, Frau Weiser. Guten Tag, und alles Gute!

Gestoppt wird die Weiser von Autogrammjägern und Leuten, die ihr die Hand schütteln wollen. Dazu läßt sie es aber nicht kommen. Der Star winkt nur mit der rechten Hand und sagt: Hallo, ihr Lieben! Wie reizend! Vielen Dank! Hallo, Hallo!

Hallöchen, Kinder, soll sie angeblich auch gerufen haben. Niemand außer Georg Scholze hat das jedoch gehört.

Carsten verliebt sich spontan in die elegante Dame, die winkt und lächelt und Kußhände wirft und den Applaudierenden ein Extralächeln schenkt.

Grethe Weiser ist eine bekannte Schauspielerin, erklärt Rieke Scholze. Die hat furchtbar viele Filme gemacht.

Furchtbar ist korrekt, sagt ihr Mann.

Die hat sehr viele Filme gemacht, fährt Rieke unbeirrt fort. Vor allem Komödien und Lustspiele. Grethe Weiser ist sehr beliebt bei den Berlinern.

Weil sie eine dieser Kodderschnauzen ist, die man hier so schätzt, ergänzt Scholze, der – das wird deutlich – die Weiser nicht leiden kann. Hier ist eine Gemeinsamkeit mit seiner Schwiegermutter festzustellen, die Grethe Weiser für eine äußerst ordinäre Person hält. Noch in der Flughafenhalle schimpft sie: Wie kann man nur als Frau in der Öffentlichkeit rauchen! Straßenmädchen machen das, aber doch nicht Damen, seien sie nun Schauspielerinnen oder nicht. Und dieses Fußkettchen! Hast du das gesehen, Rieke? Degoutant! Das ist ja eine richtige Halbweltdame. Max, lach nicht! Diese Dame (jeder hört die Anführungszeichen) ist peinlich! So kann man vielleicht im Film herumlaufen, aber doch nicht auf dem Flughafen Tempelhof! Skandalös!

Georg legt einen Arm um seine Schwiegermutter: Wo du recht hast, hast du recht, altes Mädchen! Die sieht aus wie eine Hafendirne.

In der Tat, sagt Else Wollin.

Genau, sagt Carsten.

Stephan, Rieke und Max lächeln still in sich hinein.

Die Begegnung mit der Schauspielerin hat eine, Gott sei Dank nur kurzfristige, Änderung seines Berufswunsches zur Folge: Carsten möchte nicht mehr Kommandeur der Wasserschutzpolizei werden; er möchte werden wie Grethe Weiser. Er beginnt, sich zu verkleiden und zu schminken. Trägt Mutters Pumps und Blusen, malt sich die Lippen und Augenbrauen an und behängt sich mit Riekes Modeschmuck. Wenn er sich zurechtgemacht hat, ruft er: Achtung, Achtung, die berühmte Grethe Weiser fliegt gleich ab! Bitte gucken kommen, meine Damen und Herren!

Die Eltern und der Bruder müssen dann alles stehen und liegen lassen, auf den Korridor treten und »Guten Tag, Frau Weiser« rufen. Stephan hat um ein Autogramm zu bitten, Georg Scholze zu applaudieren, und Rieke muß sagen: »Wie elegant Sie wieder aussehen, verehrte Frau Weiser.«

Carsten wedelt mit einer Schokoladenzigarette, zupft an seinem langen Seidenschal, wirft Kußhände und flötet (das machen alle Schauspielerinnen, sagt Stephan): Hallo, Kinderchen, hallo, ihr Lieben! Nein, wie reizend, nein, wie charmant! Hallöchen, Hallöchen!

Ungefähr einen Monat dauert Carstens Grethe-Weiser-Phase, die er ohne bleibende Schäden durchläuft. Transvestitische Neigungen, die ihn heimlich in Frauenkleider schlüpfen ließen, werden weder jetzt noch später festgestellt. Stephan ist beruhigt, als er Carstens erlahmendes Interesse an Grethe-Weiser-Auftritten beobachtet. Einen Bruder in Rock und Bluse zu akzeptieren würde ihm schwerfallen. Auch sein Vater freut sich aufrichtig, daß der Jüngste bereits Mitte März wieder Kommandeur der Wasserschutzpolizei werden will.

Am Abend des 12. Mai spielen Babs und Stephan vor dem Truseweg 2 Federball. Mild ist der Abend; die Nachbarn stehen schwatzend auf der Straße, gucken vom Balkon, lehnen aus den Fenstern. Nach und nach schauen alle den beiden zu, die seit vielen Minuten den Ball ruhig hin und her schlagen. Sie kämpfen nicht, wollen sich nicht durch harte Schläge gegenseitig austricksen. Nicht um Punkte spielen sie, leise zählen sie, wie lange der Federball in der Luft bleibt. Bei hundertsechzig sind sie angelangt!

Die Gespräche verebben, nur die Spielenden sind noch zu hören. Hin und her fliegt der weiße Ball, die Köpfe der Nachbarn folgen ihm. Rechts, links, links, rechts. Es dämmert, wird langsam dunkel, aber niemand scheint zu bemerken, daß der Ball kaum mehr zu sehen ist. Wie in Trance sind Spieler und Zuschauer. Es ist, als hätten sie sich alle in einem Traum verabredet, aus dem zu erwachen sie keine Eile haben.

Carsten ist wie benommen von dem fliegenden Ball, der Federn hat wie eine Möwe. Ein bißchen schwindlig ist ihm. Das ist ein schönes Gefühl, denkt er. Und er wünscht sich, daß dieses Spiel nie ende, daß der Ball für immer von Stephan zu Babs fliege, von Babs zu Stephan.

Hört nie auf, möchte er rufen. Glücklicher und trauriger war er noch nie, nie hat er seine Familie, die Nachbarn und den Truseweg mehr geliebt als in diesem Augenblick. Und sein Leben lang wird er das Bild des Bruders vor Augen haben, der fast regungslos, nur den rechten Arm bewegend, den Ball zurückschlägt. Die sollen nie aufhören, niemals sollen die aufhören!

Plötzlich dreht Stephan den Kopf zum Haus hin und schaut seinem Bruder, der auf der Fensterbank hockt, lächelnd ins Gesicht.

Paß auf! ruft Babs, aber da liegt der Ball schon im Rinnstein.

Ein Ruck geht durch die Zuschauer, ein Aufatmen. Irgendwann hat es ja enden müssen, warum nicht jetzt. Der

Zauber verfliegt, der Traum ist geträumt. Still gehen die Menschen in ihre Wohnungen. Es ist, als genierten sie sich voreinander.

Da biegt Funke um die Ecke.

Was ist denn hier los, Herrschaften?

Wir hatten gerade eine Mieterversammlung, Herr Funke. Wir haben beschlossen, Ihnen zu kündigen, sagt Stephan.

Ralf Dallmann und Peter Lenz applaudieren. Die Erwachsenen sind froh, daß der schweigende Spieler wieder Stephan, der Witzbold, ist. Den haben sie gern, der Spieler jedoch, verlegen stellen sie das fest, hat ihnen den Kopf verdreht.

Erstaunlicherweise scheint der Hauswart guter Laune zu sein.

Stephan, kannst meinen Job gerne haben. Lieber heute als morgen! Von Hallodris und Halbstarken habe ich nämlich die Nase voll!

So spricht Funke, wenn er lustig ist.

Von ihrem Balkon ruft Else Wollin streng: Wen meinen Sie denn damit?

Stephan und Babs kommen an diesem Abend nicht voneinander los. Sie stehen vor dem Haus und schauen sich schweigend an. Babs nimmt Stephans Hand.

Meine Eltern sind in der Oper, sagt sie. Irgendwas von Wagner.

Das kann dauern, sagt Stephan mit rauher Stimme.

Kommst du mit?

Ja.

Mehr Worte werden nicht gewechselt. Was läßt sich auch sagen: Wir machen's jetzt? Jetzt schlafen wir miteinander? Let's make love, Babsy-Baby? Oder kann man es in dieser Ausnahmesituation wagen, sich der Sprache der Halbstarken vom Wildenbruch-Park zu bedienen, die ständig von Fotze und ficken reden? Die Alte lege ich aufs Kreuz. Die braucht das, die Schlampe.

Stephan und Babs benötigen keine Worte, sie haben ihre Hände und Blicke. Nur als Stephan einen Fromms überstreifen will, sagt Babs: Brauchst du nicht. Ich hab meine unfruchtbaren Tage.

Und dann lieben sie sich. Dreimal lieben sie sich. Beim dritten Mal ist Stephan nicht mehr kopflos vor Geilheit. Er kommt nicht umhin, die Kraft seiner Lenden zu bewundern. (Günni ruft gern auf dem Schulhof, wenn eine junge Referendarin Aufsicht hat: Wohin nur mit der Kraft meiner Lenden?)

Ich bin ganz schön potent, denkt Stephan. Keß wird er, sogar ein bißchen ordinär.

Jetzt zeig ich's dir, Babs, flüstert er.

Ja, stöhnt die, zeig's mir, Stephan.

Gut so?

Ja, gut so.

Spürst du meinen Schwanz?

Und dann sagt Stephan etwas ganz Säuisches: Ich fick dich, Babsy. Ich fick dich die ganze Nacht.

Ja, fick mick, fick mich!

Die beiden können nicht glauben, daß sie es sind, die da reden und solche Worte in den Mund nehmen. Auf der Straße, im Park, in der Turnhalle ist das okay. Aber in der elterlichen Wohnung, in einem rosafarbenen Mädchenzimmer klingt es rüde, klingt es verdorben. Daß Babs »ficken« sagt, erregt Stephan über die Maßen. Er kommt. Babs kommt auch. Drei gleichzeitige Orgasmen, nicht übel fürs erste Mal, denkt Stephan.

Schlaf nicht ein, sagt Babs, meine Eltern sind bestimmt schon auf dem Nachhauseweg.

Stephan betrachtet sich im Badezimmerspiegel. So, sagt er, wie das alle Burschen in dieser Situation tun, jetzt bin ich ein Mann! War wirklich toll, aber das Gewese, das darum gemacht wird, ist etwas übertrieben. Man muß es vielleicht öfter tun. Wie sagt Tante Berta immer: L' appétit vient en manger.

Beeil dich, ich muß aufs Klo, ruft Babs.

Mädchen sollten nicht »Klo« sagen, findet Stephan. Das klingt ein bißchen ordinär. Stephan grinst sich im Spiegel an, »Klo« nicht, aber »ficken«! Das geht in Ordnung, dagegen hat das junge Herrchen nichts einzuwenden, das goutiert es! Stephan öffnet die Tür und sagt schnurrend und gurrend: Komm her, du geiles Luder!

Babs errötet: Du bist ein ganz schlimmer Mann!

Es ist schwer herauszuhören, ob das scherzhaft gemeint ist oder ernst. Jetzt schauen sie sich wieder still in die Augen.

War das toll, Babsy! sagt Stephan nach einer ganzen Ewigkeit. Danke!

Man wird sich, denkt er, bestimmt bei dem Mädchen bedanken müssen. Drum macht er vor Babsy Walter einen Diener wie in der Tanzschule.

Babs, im Zustand der Glückseligkeit noch kitschiger als sonst, sagt: Du bist so süß, Stephan!

An der Wohnungstür ermahnt sie ihn: Wehe, du erzählst das deinen Kumpels. Gib nicht mit mir an, Stephan Scholze!

Selbstverständlich bleibt das unter uns! sagt Stephan chevaleresk. Großes Ehrenwort, Fräulein Walter!

Frau Walter, sagt Babs, ab heute Frau Walter!

Stephan fragt sich: Reden so Liebende, die gerade das Paradies entdeckt haben? (Günni phantasiert ständig vom Paradies der Wollust, das ihm, auf Grund seiner Akne, wohl für immer verschlossen bleiben wird.) Kühlen Kopfes zieht Stephan Bilanz: Zu zärtlichem Gesäusel ist es, Gott sei Dank, nicht gekommen. Kitschig oder gefühlsduselig war es auch nicht, jedenfalls nicht meinerseits. Der körperlichen Leidenschaft mag die Wärme des Herzens gefehlt haben. Wie kann man das noch formulieren? Ein Tag wie dieser schreit nach pathetischen Sätzen: Mit gletscherkalten Seelen haben wir uns verbrannt an dem lodernden Fleisch unserer gierigen Leiber. Nicht schlecht, denkt Stephan. Das wird Günni gefallen.

Er geht nicht sofort ins Haus, er setzt sich draußen auf die Stufen, raucht, spürt seinen Körper.

Jetzt kann's losgehen, sagt er. Das Leben, das wirkliche Leben! Stark und unbesiegbar fühlt er sich, befreit und leicht wie ein Federball.

Ich bin schön, ich bin intelligent, ich bin jung, sagt er laut. Ob ihn jemand hört, schert ihn nicht, die Nachbarn, diese Langweiler und Spießer, schlafen sowieso schon tief und fest in ihren miefigen Ehebetten.

In dieser Nacht ging seine Kindheit zu Ende.

Carsten wird vom Pfeifen der Züge geweckt, die das Kraftwerk Klingenberg mit Brennstoffen versorgen. Ganz bang wird ihm und ganz aufgeregt ist er. Dunkle Traurigkeit ergreift ihn und helle Freude.

Wenn Carsten die Lokomotiven hört, erfassen ihn zugleich Heimweh und Fernweh. Er möchte für immer ein Kind sein, nie die Eltern verlassen, nie vom Truseweg wegziehen. Jetzt ist es schön, und so schön soll es bleiben. Nein, groß werden will er nicht. Einerseits. Andererseits verspürt er keinen anderen Wunsch, als sein Ränzlein zu schnüren und in der weiten Welt sein Glück zu machen, wie es in den Märchen heißt. Allen wird er einen Abschiedskuß geben, den Großeltern, den Eltern, dem Bruder, sogar Peter Lenz und Ralf Dallmann wird er herzlich umarmen und ihnen erklären, daß er nun für immer Lebewohl sagen muß.

Am liebsten würde Carsten aus dem Bett springen, seinen Campingbeutel packen (frische Strümpfe, saubere Hemden und etwas Leckeres zu essen wird man in der Fremde brauchen) und sich aus dem Haus stehlen. Einerseits. Andererseits möchte er sich ins elterliche Schlafzimmer schleichen, unter Mamas Bettdecke schlüpfen, Papa bei der Hand festhalten und den Eltern versprechen, nie davonzugehen.

Er freut sich darauf, im Februar seinen zehnten Geburtstag zu feiern, aber dann soll das mit den Geburtstagen aufhören!

Er will nicht älter werden und nicht einen Zentimeter mehr wachsen. Aber da hört er wieder das Pfeifen der Lokomotiven und will aufbrechen, alle Länder und alle Menschen kennenzulernen. Jetzt, in dieser Nacht, will er in einen Zug steigen und einmal um die ganze Welt fahren und noch einmal und noch einmal, wieder und wieder am Äquator entlang, den Wale und Delphine säumen, Elefanten und Giraffen.

Wenn er zurückkehren wird in den Truseweg (kurz nur, denn bleiben kann er nicht mehr), werden die Eltern uralt sein und die Großeltern tot. Und er? Er wird reicher sein als der Druckereibesitzer Heinrich Adler und berühmter als die Filmschauspielerin Grethe Weiser. Einen Meter neunzig wird er messen und breitere Schultern haben als Stephan!

Schön wäre freilich, wenn ihm beides gelänge: Ein kleiner Junge zu bleiben und ein großer Mann zu werden

Zuerst reise ich nach Schottland, beschließt Carsten. Da besuche ich meinen Freund Tom, und der wird mir alles zeigen. Ian besuche ich vielleicht auch noch, obwohl der ein bißchen langweilig ist.

Tom und Ian sind die britischen Soldaten, die Stephan vor einiger Zeit in einer Kneipe am Theodor-Heuss-Platz kennengelernt hat. Neulich, am Ostersonntag, waren beide zu Gast im Truseweg.

Scholzes erster Soldat aber war Ian, der wurde ihnen im Dezember letzten Jahres von dem kontaktbegabten Stephan präsentiert. Die Familie war begeistert. Vater, ehedem einer der feschesten Offiziere diesseits des Urals, war neugierig, auf die Söhne und Enkel seiner Bezwinger zu treffen; Mutter erhoffte sich eine Auffrischung und Aktualisierung ihres eingestaubten Englisch. Carsten freute sich darauf, in der Schule mit dem Angehörigen der Schutztruppen anzugeben, Stephan sah sich in Gedanken einen florierenden Kleinhandel mit zollfreien amerikanischen Zigaretten und schottischem Whisky aufziehen. Günni, altklug wie immer, pries einerseits den erzieherischen Gewinn für alle Beteiligten und verwies andererseits auf die Stärkung des europäischen Gedankens. Er war es auch, der Stephan über die Tatsache hinwegtröstete, daß Ian kein Ami war, sondern ein Bürger des United Kingdom. Sage nie England zu einem Engländer, sage nur: Well, well, so you are from the UK. Woran, an den zwei Buchstaben nämlich, der wahre Experte britischer Verhältnisse zu erkennen sei.

Wie avisiert, steht am vierten Advent 1959, pünktlich um drei, ein langer, spindeldürrer Zwanzigjähriger auf der Schwelle und errötet zutiefst, als er von Georg Scholze hereingebeten wird. Zu einem herzlichen Händeschütteln will es anfangs nicht kommen, weil der Soldat beladen ist mit Geschenken. Stephans Augen funkeln begierig. Eine Flasche kann man verpacken, wie man will, immer ist sie als eine solche zu erkennen. Das gilt auch für eine Stange Zigaretten. Carsten mag Ian auf Anhieb; Mutter Scholze ist gerührt von der Schüchternheit, mit der ihr der Blumenstrauß überreicht wird. Scholze, der bekanntlich nicht Sakko sagt, sondern Rock, scheint enttäuscht von des Soldaten zivilem Aufzug. Carsten freut sich, daß Ian kein breiteres Kreuz hat als er, jedenfalls nicht wesentlich. Günni, Master of Ceremony dieser Begegnung, glüht vor Aufregung. Einem jeden hat er zwei, drei Sätze zugeteilt für die Begrüßungszeremonie.

Scholze sagt aber nur ganz leise: Very nice!, und das werden, bis auf Cheers, die einzigen englischen Worte sein, die er an diesem Sonntag von sich geben wird. Eigentlich hätte er als Herr des Hauses sagen sollen: Young man, it is a pleasure to welcome you in our humble home! Humble, erklärt Günni, heiße bescheiden und sei ein schöner Beweis britischen Understatements. Einen solchen jedoch will Georg Scholze nicht erbringen, er weigert sich entschieden, die kleine Rede auswendig zu lernen. Er sei schließlich kein Papagei! Rieke ist verstimmt: Georg, es ist eine Schande, wie du dein Englisch vernachlässigt hast!

Spitz entgegnet Scholze: Meine Liebe, während du auf der Lette-Schule Vokabeln gelernt hast, sind mir vor Woronesch die Kugeln um die Ohren geflogen. Ich bin untröstlich, daß mir der Zweite Weltkrieg so wenig Zeit ließ für fremdsprachliche Studien.

Frederieke Scholze wurde instruiert, sich bei der Entgegennahme eventueller Geschenke mit »You shouldn't have ...« zu bedanken, was die englische Kurzform von »Das war aber nicht nötig« sei. Man könne das selbstverständlich eleganter formulieren, erläuterte Günni, für ein informelles Treffen reiche dieses etwas schlichte Idiom aber durchaus.

Der Text von Carsten lautet: »My name is Carsten. Nice to meet you.«

Das klappt sehr gut, während sich Carstens Mutter ihres »You shouldn't have ...« leider vor Aufregung nicht erinnern kann. Sie überrascht statt dessen mit einem schrillen Schrei des Entzückens: Oh, the flowers! Und dann preßt sie sekundenlang ihr Gesicht in den Blumenstrauß, als wäre ihr nach langjähriger Verbannung im nordischen Packeis endlich wieder etwas farbig Blühendes begegnet. Scholze, der sonst das theatralische Gebaren seiner Frau mit mildem Spott bedenkt, ergreift die Gelegenheit, noch einmal »Very nice!« zu sagen, diesmal laut und deutlich. Zur Ehrenrettung der Scholzes glaubt Günni eine Ergänzung schuldig zu sein. Folgenden Satz drechselt er: And beautiful they are indeed, these lovely flowers!

Irritiert schaut der britische Soldat auf die aufgeregt parlierende Familie. Wieder errötet er. Stephan und Carsten brechen in schallendes Gelächter aus, auch den Eltern erschließt sich die Situationskomik. Nur Günni schaut etwas indigniert drein, läßt sich aber von der schönen, schrägen Stimmung anstecken.

Das Eis ist gebrochen. Ian wird ein Freund der Familie. Er verbringt die meisten seiner dienstfreien Sonntage im Truseweg. Nie kommt er mit leeren Händen, obwohl Rieke Scholze, die ihn quasi als vierten Sohn (Sohn drei ist Günni) adoptiert hat, ihm das immer wieder verbietet.

Ian, tadelt sie ihn, always gifts, gifts, gifts!

Stephan und Carsten mögen ihm seine Großzügigkeit nicht vorwerfen. Carsten hat bald eine eindrucksvolle Sammlung von Enid-Blyton-Bänden; Stephan kommt durch den Verkauf von Whisky und Dunhill-Zigaretten zu einigem Wohlstand. Günni, jüngstes Mitglied der Deutsch-Britischen Gesellschaft, blättert wichtigtuerisch in der Sonntagsausgabe der »Times«, die er gern in Bus und U-Bahn aufschlägt.

Stephan verbietet seiner Familie fürderhin die Benutzung von Teebeuteln und ersteht, vom eigenen Taschengeld, im KaDeWe Teekanne, Teenetz, Teeblätter und, als Zugabe, englische Orangenkonfitüre, der Georg Scholze in aller Aufrichtigkeit den Geschmack von Seife nachsagt. Er und Ian verstehen sich, auf einer sprachfernen Ebene, bestens. Gemeinsam verfolgen sie die Bundesligaspiele, vergleichen Tabellenplätze und Torverhältnisse und drücken Kaiserslautern und Manchester United die Daumen. Ian sagt auch nicht mehr »Sir« zu Scholze, sondern »Chef«. Das hat er Stephan abgelauscht, der seinen Vater gern mit »Chef, wann gibt's denn mal wieder eine Lohnerhöhung?« nervt.

Der Chef und der Soldat sitzen Sonntag für Sonntag einträchtig auf dem Sofa und erläutern einander taktische Finessen und Fehler. Die Internationale der Fußballfans kommt offensichtlich ohne Übersetzer aus, stellt Günni säuerlich fest, der mit Ian lieber über Mentalitätsunterschiede unter den Völkern und ein vereintes Europa diskutieren würde.

Stephan läßt sich nur noch mit Stephen ansprechen, und wer ihm dies verweigert, wird mit Alkohol- und Nikotinentzug bestraft. Seine Mutter redet sich den mageren, ungelenken, fahlhäutigen, dünnhaarigen und schüchternen Ian schön. Ein großer schlanker Mann sei das, von einer vornehmen Zurückhaltung, wie man sie halt nur in England kenne, berichtet sie Elke Wetzel, die langsam neidisch wird auf Riekes schmucken Soldaten. Carsten versteckt ihn vor Peter Lenz, weil er findet, Ian sehe aus wie eine Vogelscheuche. So ist er übrigens auch gekleidet, obwohl er von Mal zu Mal schicker daherkommt. Rieke hat nämlich Stephans und Georgs Kleiderschränke durchforstet und das eine oder andere Stück für entbehrlich erklärt. Natürlich ist dem spacken Krieger alles zu weit, Rieke meint aber, da werde er noch reinwachsen. Sie beginnt, Ian zu mästen.

Was dieser brave Soldat an einem einzigen Sonntag in sich hineinschaufeln muß, hätte für Mansteins Fünfte gereicht, kommentiert Scholze die erbarmungslose Abfütterung.

Einmal gibt es wegen Ian Ärger. Herr Dr. Scholl, Stephans Klassenlehrer, bestellt Rieke in die Schule. Er sei, sagt er, gewiß ein toleranter Mensch und glaube, von sich sagen zu dürfen, seinen Schülern mit Verständnis und Nachsicht zu begegnen, daß jedoch in einer elften Klasse mit Tullamore Dew gehandelt werde, könne er nicht dulden! Wie Stephan an einen solch teuren Whisky komme, interessiere ihn schon.

Nun, antwortet Frau Scholze mit großer Allüre, die Familie habe enge Beziehungen zu den britischen Streitkräften geknüpft. Das sei lobenswert, meint Scholl, und Stephans Englisch habe sich in der Tat erstaunlich verbessert, er müsse jedoch darauf bestehen, daß die bilateralen Kontakte nicht geltendes Schulrecht verletzten.

Als Ian am nächsten Sonntag Rieke mit einer Umarmung begrüßen will, sagt die streng: No, Ian, today you are not my friend! Ian wird kreidebleich, der Spirituosenhandel ist aufgeflogen. Wie eine Tragödin des Burgtheaters reißt Rieke die Arme in die Höhe und ruft voller Empörung: Whisky, Whisky, Whisky! Da sie mit Ian in äußerst knappen Sätzen kommuniziert, Verben werden meistens ausgespart, liebt sie es, die sinntragenden Wörter mehrmals zu wiederholen, wobei sie ihre Stimme anschwellen läßt. Zu Günnis Überraschung folgt das berühmte »You shouldn't have!«, was bei dieser Gelegenheit keineswegs mit dem artigen »Das war aber nicht nötig!« zu übersetzen ist.

Ian, das Bollwerk gegen die kommunistische Bedrohung, bekommt feuchte Augen, die sich gleichsam hinter seinem Nasenrücken zu verstecken suchen, anders gesagt: Er schielt zum Gotterbarmen, und über seinen mageren Körper läuft ein leichtes Zittern. Gleich heult er, stellt Carsten mit Interesse fest, würde sich aber auch nicht wundern, wenn Ian ohnmächtig zusammenbräche.

Auch Mutters Augen füllen sich mit Tränen: Nun schaut euch dieses Häufchen Elend an! sagt sie und zieht Ian mit heftiger Bewegung an ihren Busen. Sie tätschelt und küßt ihn und flüstert ihm ins Ohr: Alles ist wieder gut! All is fine! Ian weint bitterlich. Komisch, denkt Carsten, das ist überhaupt nicht peinlich. Ian schluchzt, und dafür lieben Scholzes ihn. Günni ahnt, daß er sein Bild von den emotionsbeherrschten Engländern wohl zu korrigieren habe. Georg Scholze läßt Tage später die Bemerkung fallen, mit Helden wie unserem Ian habe der Tommy, so nennt er die Engländer, schwerlich den Zweiten Weltkrieg gewinnen können. Rieke ist empört, ein ganz tapferer Junge sei das! Keine einundzwanzig und schon mutterseelenallein in der Fremde. Den nehme niemand abends in den Arm und sagte: Schlaf gut, mein Junge. Der hört nur orders, orders, orders!

»Rieke«, sagt Georg, »du bist ein richtiges Muttertier!«

Stumm nicken seine anglisierten Söhne mit den Köpfen. That she is, indeed. Und selbstverständlich wird sie auch den hübschen Tom in ihr Herz schließen.

Wollin denkt in dieser Donnerstagnacht über sich und seine zwei Frauen nach. Das muß reichen, befindet er. Die große Schlußbilanz wird – hoffentlich – noch warten können. Zwei Lieben gab es – Wollin stellt verwundert fest, die Vergangenheitsform gewählt zu haben –, zweimal das Glück und zweimal den Schmerz. Doppelte Eifersucht, doppelten Streit. Jeder Geburtstag wurde zweimal gefeiert, und zu Weihnachten hatte er stets zwei Bäume zu schmücken, und es gab zwei Bescherungen. Wollin muß lächeln: Das wäre was für seinen Enkel! Von zwei Frauen bekam Max Wollin seine Kniestrümpfe und Krawatten, seine Oberhemden, Herrenparfüms und – zu den runden Geburtstagen – goldenen Manschettenknöpfe.

Seit 1924 ist er zerrissen, gespalten. Vor mehr als drei Jahrzehnten hat er sich halbiert und existiert seitdem in zwei Hälften. Oder sollte ihm die Verdoppelung gelungen sein? Gibt es vielleicht nicht zwei halbe Portionen, sondern zwei komplette Max Wollin? Knapp siebzig ist er geworden in seinen zwei Leben. Addiert man die, so kommt man auf das stattliche Alter von hundertvierzig Jahren. Nicht schlecht, denkt Wollin. Damit kann man eigentlich zufrieden sein.

Wollin liegt auf dem Diwan, raucht, trinkt und führt – zum ersten Mal in seinem Leben – Selbstgespräche. Zeit abzutreten, sagt er, man ist ja schon völlig verkalkt.

Den Gedanken, diese Welt übel riechend zu verlassen, vermag der Cognac zu unterdrücken. Auch die Furcht, der Familie den Befund mitzuteilen, schwimmt davon. Eine Frage aber will ihm nicht aus dem Kopf: Wer wird mir auf dem Sterbebett die Hand halten? Die Gattin oder die Geliebte? Um diesen letzten Streit zu vermeiden, wird er festlegen, in Frederiekes Armen sein Leben auszuhauchen, seine zwei wunderbaren, anstrengenden Leben.

Ich hätte Jongleur werden sollen, lacht Wollin, ich konnte immer mit mehreren Bällen gleichzeitig spielen. Ich habe sie alle in der Luft gehalten!

Zwölfmal schlägt die Standuhr. Wie bedeutungsschwanger! sagt Wollin und erhebt sich. Leicht schwankend verneigt er sich vor seinem Spiegelbild in der Glastür des hohen Bücherschranks (Bibliothek genannt im Hause Wollin) und sagt: Mein lieber Max, heute ist Freitag, der 13. Heute beginnt dein Sterben!

Im Bad muß er sich übergeben.

Da habe ich gerade heroisch mit dem Leben abgeschlossen, denkt er röchelnd, und jetzt kotze ich mir die Seele aus dem Leib. Wie unpassend!

Wie komisch!

Am nächsten Vormittag – wie immer nimmt Max Wollin sein Frühstück gegen 11 Uhr ein – setzt sich seine Frau zu ihm.

Max, sagt sie, du hast gestern nacht getrunken! Schau dir die Cognacflasche an. Halbleer!

Du mußt das optimistisch betrachten. Die Flasche ist halbvoll, sagt Wollin.

Max, bitte keine Witzeleien! Sage mir lieber, warum du dich betrunken hast?

Wollin zuckt mit den Schultern: Was weiß ich. Welche Freuden bleiben denn einem alten Zausel wie mir?

Else kann sich ein anspielungsreiches Hüsteln nicht verkneifen. Dann wird sie ernst: Max, du sagst mir nicht die Wahrheit, das spüre ich einfach! Der Befund liegt vor, nicht wahr?!

Ach, Elschen, sagt Max.

Ist es schlimm? Ist es ... das?

Ja, es ist das!

Krebs, sagt Else leise.

Ja, es ist Krebs.

Else nimmt Wollins Hände und küßt sie.

Was soll nur werden, schluchzt sie, was soll nur werden?

Max Wollin tupft Elses Wangen ab. Warum sind diese Herrentaschentücher eigentlich so riesig? fragt er sich. Das sind ja richtige Laken!

Was werden soll, fragt er sich auch. Eine Antwort auf die Frage will er aber nicht suchen, noch nicht. Jetzt muß er erst einmal sein Elschen trösten.

Nun wein mal nicht! Ein Todesurteil ist das nicht, Elschen. Ich werde halt ins Kankenhaus müssen.

Ich weiß, was sie dort mit dir machen werden, sagt Else, und du weißt es auch!

Ja, Waldau hat es mir schonend beizubringen versucht. Ich werde für den Rest meiner Tage in einen Beutel scheißen. Das, meine Liebe, werden sie mit mir machen.

Else wird von Weinkrämpfen geschüttelt, bekommt kaum Luft, ist ganz bleich im Gesicht, greift sich ans Herz, aber nach den Herztropfen auf der Kommode verlangt sie heute nicht.

Max streichelt ihr den Rücken und sagt: Schön atmen, Elschen, schön tief ein- und ausatmen!

Else beruhigt sich langsam.

Entschuldige, Max, sagt sie, ich hab schlichtweg die Fassung verloren.

Verlier du ruhig die Fassung, altes Mädchen. Das geht schon in Ordnung.

Wirst du sterben, Max?

Früher oder später gewiß, sagt Wollin. Aber so leicht stirbt es sich nicht. Meinen siebzigsten werde ich noch erleben. Elschen, da lassen wir die Puppen tanzen! Und zwar auf dem Tisch!

Ja, Max, das machen wir! Und ich werde ganz viel Champagner trinken. Angina pectoris hin, Angina pectoris her!

Das ist mein Mädchen! Bravo!

Wir machen's uns schön, Max, ja? Wir genießen die Zeit!

Das werden wir! Versprochen, Elschen. So, und jetzt gibst du mir einen dicken Kuß.

Wollin rückt seinen Stuhl an Elses Seite.

Und dann sitzen die beiden wie zwei ängstliche Kinder beieinander, schweigend, die Hände brav auf dem Tisch, in Erwartung eines gestrengen Lehrers.

Abends sind Scholzes bei Wollins in der Beletage. Carsten schläft.

So sieht's aus, meine Lieben, sagt Wollin.

Die Frauen weinen, Stephan schaut an seinem Großvater vorbei, er riskiert lieber nicht, seinen Großvater anzugucken. Georg Scholze hat einen starren Gesichtsausdruck.

Ihn hält es nicht in seinem Sessel, er beginnt im Zimmer auf- und abzugehen.

Bitte, Georg, sagt seine Frau, setzt dich wieder hin. Das macht mich ganz nervös.

Du hast wohl zufällig für deinen Schwiegersohn keinen Cognac? fragt Scholze.

Else stellt Gläser und Flasche auf den Tisch. Stephan moniert, daß er nur vier Gläser zähle. Ein fünftes wird geholt, Stephan trinkt den ersten französischen Weinbrand seines Lebens.

Das schmeckt nach Seife, sagt er.

Ja, der Geschmack ist in der Tat gewöhnungsbedürftig, sagt Wollin. Aber hast du ihn erst einmal entdeckt, wirst du ihn lieben. Georg, gibt es etwas Besseres als einen Cognac?

Ja, sagt der, zwei!

Es wird gelacht. Als das kurze Lachen verklungen ist, wird es still im Herrenzimmer.

Plötzlich sagt Rieke: Könnt ihr euch noch an den alten Herrn Werner erinnern?

Nein, sagt Else Wollin. Wer soll denn das gewesen sein?

Mutter, selbstverständlich kennst du den, der wohnte in der Werrastraße und ging jeden Tag am Kanal spazieren.

So ein großer, stattlicher Mensch? Immer wie aus dem Ei gepellt und sehr, sehr aufmerksam zu den Damen?

Die Männer müssen schmunzeln, Rieke wird ungeduldig, schließlich will sie eine Geschichte zum Besten geben: Ja, Mutter, genau der!

Den Mann hat man nie ohne Hut gesehen. Ich sage nur: Ein Herr!

Scholze, der sich vorgenommen hat, heute abend keine Gelegenheit zu einem Scherz ungenutzt verstreichen zu lassen, sagt: Das klingt aber nach mehr als bloßer nachbarschaftlicher Sympathie. Unsere alte Else hat auch ihre dunklen Geheimnisse.

Immer gehabt, sagt Wollin.

Da er nicht will, daß dieses Witzeln ausufert – Fräulein

Reeskows Name ist schnell gefallen –, wendet er sich an seine Tochter: Warum erwähnst du Herrn Werner, mein Kind?

Das könnt ihr euch doch denken, der Mann lief bekanntlich 14 Jahre mit einem künstlichen Darmausgang herum. Wußtet ihr das nicht?

Nein, sagt Else Wollin. Gesehen hat man überhaupt nichts.

Man wird's gerochen haben, sagt Wollin.

Hat man nicht! sagt Rieke. Wie oft habe ich mit diesem Mann auf der Bank gesessen, da war allenfalls der Duft von Rasierwasser. Ich schwör's!

Stephan denkt, daß sich sein Großvater nach der Operation nie mehr den Hintern abwischen muß. Und er fragt sich, wo man solch einen Kotbeutel eigentlich säubert. Im Handwaschbecken?

Stephan beschließt, bei den Großeltern nicht mehr aufs Klo zu gehen. Sein Mitleid ist groß, sein Ekel ist es auch.

Was machen wir nur mit dem Kleinen? fragt Wollin. Sagen wir ihm, was passieren wird?

Klar, sagt Stephan, der bekommt doch sowieso alles mit.

Wie, fragt Scholze, ich muß einem Neunjährigen erklären, was ein Anus praeter ist?

Wollin zuckt mit den Schultern: Ich weiß es nicht. Sag du etwas, Else!

Scholze füllt die Gläser. Vier, nicht fünf, worüber Stephan froh ist.

Die Familie ist ratlos. Stephan, der langsam das Bedürfnis verspürt zu gehen, sagt: Uns wird schon etwas einfallen. Vielleicht hat Günni eine Idee.

Tu mir einen Gefallen, sagt Else, erzähl bloß nicht überall herum, daß dein Großvater Darmkrebs hat!

Wieso, das ist doch keine Schande, Oma! Dafür kann er schließlich nichts, oder?

Danke, mein Junge, sagt Wollin. So, jetzt verschwindest du aber. Babsy Walters Eltern sind heute im Schiller-Theater.

Was du alles weißt, sagt Else.

Bitte laß es nicht zum Letzten kommen! sagt Rieke (ihr gestischer und mimischer Aufwand rechtfertigte es, hier vom Flehen einer Mutter zu reden). Du verstehst, was ich meine!

Nein, Mama.

Wir auch nicht, sagen Wollin und Scholze.

Rieke errötet: Mit einundvierzig werde ich Großmutter sein. Sehr schön!

Stephan könnte jetzt seinen Fromms zeigen, aber das traut er sich nicht.

Scholze sagt: Es gibt Mittel und Wege, das zu verhindern.

Sogenannte Pariser, rutscht es Else Wollin heraus.

Stephan lacht, nein, er schüttet sich aus vor Lachen. Ich hab schon eine verrückte Familie, denkt er. Wunderbar!

Es klingelt. Carsten steht zitternd im Hausflur und sagt: Herr Funke will mich in den Heizungskeller sperren!

Das hast du nur geträumt, sagt Max Wollin.

Nein, Opa, der stand eben an meinem Bett und hat gesagt: Morgen sperre ich dich in den Heizungskeller. Echt!

Wollin schaut auf seinen Enkel, der seinen Lieblingsschlafanzug trägt, marineblau mit gelben Knöpfen und Manschetten. Genau so sähe die Uniform des Kommandeurs der Wasserschutzpolizei aus, versicherte ihm sein Vater, was zur Folge hatte, daß Carsten in seiner schicken Uniform über den Truseweg paradieren wollte. Die ganze Familie versuchte, ihm das auszureden. Wollin sagte, daß nur verwirrte alte Zausel im Pyjama auf die Straße gehen. Ein Herr und ein feiner Junge machen das nicht! Selbst Kinder, sagte Wollin zu seinem Enkel, dürfen sich in puncto Kleidung nicht der Lächerlichkeit preisgeben.

Aha, antwortete Carsten. Und er denkt, manchmal spinnt Opa, da hat Papa schon recht.

Der mußte sein Urteil über den Schlafanzug kleinlaut revidieren. Mein Junge, sagte er, eine richtige Uniform ist das vielleicht nicht, obwohl Marineoffiziere genau diese Farben tragen, Blau und Gold. Else Wollin betonte den gesundheitsbedrohenden Aspekt: Im Schlafanzug holst du dir auf der Straße den Tod. Dieses dünne Fähnchen wärmt doch nicht. Carsten war sauer, seine schöne Kommandeursuniform ein Fähnchen! Oma hat überhaupt keine Ahnung!

Da steht Carsten also in seinem Pyjama auf dem Flur, barfuß, mit zerzaustem Haar und großen, schimmernden Augen. Wollin betrachtet ihn. Ist sein Enkel wirklich so zierlich, so zerbrechlich? Mein Gott, dieses Kind haut jeder Windstoß um, was heißt Windstoß, jedes laue Lüftchen, denkt er. Aber vielleicht sehen alle Kinder, die böse Träume hatten, so verletzlich aus?

Er nimmt das Kind auf den Arm und lächelt. Wie ein junges Kätzchen riecht Carsten, muß er denken. Nach Schlaf und – doch, das kann man so formulieren, befindet der gewöhnlicherweise jedem Kitsch und jeder Gefühlsduselei abholde Wollin –, nach einer Süße, wie sie nur Kinder verströmen. Dieses schlaftrunkene Kind, dessen Kopf auf seiner Schulter ruht, liebt Wollin mehr als Frau, Tochter oder Geliebte. Und Trost ist es ihm.

Als er mit Carsten ins Herrenzimmer kommt, wird der erst einmal abgeküßt von den Frauen, dann nimmt Georg Scholze ihn auf den Schoß, Rieke massiert seine kalten Füße, Wollin holt eine Flasche Sinalco. Carsten fühlt sich sehr wohl, alle kümmern sich um ihn. Stephan flüstert ihm zu: Wenn Funke das macht, schlage ich ihn zu Brei. Das kannst du mir glauben. So stark wie der bin ich schon lange.

Keine halbe Stunde später legt er bei Babsy Walter einen eindrucksvollen Beweis seiner Körperkraft ab.

In der Beletage wird es noch richtig gemütlich, und der tränenreiche Abend endet beschwipst.

Dann liegen Scholzes und Wollins in ihren Betten, und dunkle Gedanken ziehen auf. Wollin fragt sich, ob der

Tod es eilig haben wird? Ob er bereits ungeduldig auf ihn warte?

Papa wird sterben, nicht wahr? sagt Rieke.

Ja, mein Schatz, das wird er, antwortet Georg.

Am nächsten Vormittag taucht überraschend Berta Barbe auf.

Du? sagt ihre Freundin überrascht. Heute ist doch Samstag und nicht Mittwoch.

Berta lächelt ihr französisches Lächeln: Ein lieber Gast ist niemals Last. Würdest du mich vielleicht hereinbitten?

Entschuldige, aber ich bin einigermaßen überrascht, dich zu sehen.

Kritisch beäugt Else Wollin ihre beste Freundin; die trägt ein kunstseidenes Kleid, welches von einem mutigen Rosa ist. Aus den Ärmeln gucken hellblaue Rüschen, der Kragen besteht aus einem gleichfarbigen Chiffontuch, nachlässig aufgesteckt. An Phantasie hat es Madame Barbé nie gefehlt, wohl aber an Geduld. Ihre Freundin wirft ihr oft vor, mit heißer Nadel zu nähen.

Derartige Bemerkungen perlen an Berta ab, sie kleidet sich schließlich nicht für die Ewigkeit, sie putzt sich heraus für den Augenblick. Noch immer ist es ihr unmöglich, etwas anzuziehen, was sie nicht vorher noch schnell verändern und verwandeln kann. Ein Strauß Wachskirschen etwa, über dem rechten Busen getragen, Manschetten aus Brüsseler Spitze, die ein zartes Handgelenk machen. Oder sie appliziert, wenn sie dafür Zeit und Muße hat, auf ein Kleid eine Knopfleiste, die absolut keine Funktion hat, sich jedoch vom Kragen herunterzieht bis zum Saum. Hinten hat das Kleid einen soliden Reißverschluß, vorne schmücken es Dutzende von Knöpfen, die weder in Form noch Farbe dezent genannt werden können.

Berta, sagt Max gern, du hast mehr Knöpfe auf deinem kurzen Hemde als Priester auf ihren langen Soutanen.

Berta hört das gern, sie kommt sich dann frivol vor. Ja, es

läßt sich nicht leugnen und übersehen, daß Madame Barbé einen Hang zur Frivolité hat. Aber die liegt ihr nun einmal im Blut, in ihrem französischen Blut.

Entschuldige, liebste Freundin, aber du siehst aus wie eine Schultüte, sagt Else Wollin, die einen dunkelgrünen Rock und eine beigefarbene Bluse trägt.

Berta Barbe, die sich nie schicker vorkam als an diesem Samstag im Mai, lacht gutmütig: Und viel größer bin auch nicht. Es ist Frühling, alles blüht, alles sprießt; überall lachen dir tausend Farben entgegen. Das ist doch wunderschön!

Im Pflanzenreich ja, Berta, nicht jedoch im Kleiderschrank!

Wie du meinst. Ich jedenfalls möchte nicht als graue Maus erinnert werden, dann schon lieber Schultüte.

Nach diesem rituellen Schlagabtausch, der fast jede Begegnung zwischen den beiden Damen einleitet, findet Berta Barbe Zeit, ihre Freundin zu begutachten.

Du gefällst mir nicht, ma petite, sagt sie besorgt, hast du Kummer? Hat das mit Max zu tun? Wo ist der überhaupt?

Berta, es ist zehn Uhr! Max schläft noch. Ich mach uns jetzt einen Kaffee, dann erzähl ich's dir.

Gegen elf hört sie ihren Mann ins Bad gehen.

Kein Wort zu Max, sagt sie. Komm, wir machen uns in der Küche ein bißchen frisch. Max muß nicht sehen, daß wir eine geschlagene Stunde geflennt haben.

Max, einen Meter achtzig, beugt sich hinunter zu Berta, einen Meter fünfundfünfzig, küßt ihre Wangen und flüstert ihr ins Ohr: Du duftest wie eine erblühende Rose.

Berta errötet: Du verstehst es, Frauen den Kopf zu verdrehen, du alter Charmeur!

Das hast du sehr richtig beobachtet, sagt Else Wollin. Auch sie bekommt ihren Morgenkuß.

Und? sagt sie. Wie dufte ich?

Wie die Frau, die ich seit einem halben Jahrhundert liebe.

Ein richtiger Zauberer ist dieser Max mit seinen schönen Worten, sagt Berta Barbe ergriffen.

Ihr seht etwas verquollen aus, meine Damen. Solltet ihr gegen Birkenpollen allergisch sein? Max Wollin sieht alles!

Setz dich, Mäxelchen! Ich mach dir jetzt ein leckeres Frühstück. Heute bin ich sozusagen eure Ilse. Wie magst du deine Eier, cher ami?

Am liebsten prall, sagt der alte Wollin.

Die Damen versuchen, nicht zu lachen.

Ein Filou, dieser Max, sagt Berta. Sie beschließt, es sei wieder einmal an der Zeit, ein schönes »comme il faut« anzubringen. Sie fährt also fort in ihrer Rede mit einem Satz, wie ihn nur die Nachkommen der Berliner Hugenotten zu formulieren in der Lage sind: Nicht immer ganz comme il faut, dieser Monsieur, aber allemal ein Teufelskerl!

Es ist gut, Berta, sagt Frau Wollin. Übertreib nicht immer so schamlos!

Auch zur Schamlosigkeit hat Madame Barbé, um es in der Sprache ihrer Vorfahren zu sagen, une certaine affinité.

Einmal – seit Stunden saßen die Freundinnen auf der Terrasse des Café Huthmacher – verschwand sie auf dem Klo, zog ihr Höschen aus und steckte es in die Handtasche. Breitbeinig nahm sie auf dem weißen Stahlrohrsessel Platz. Und sie spürte ganz deutlich den Sommerwind zwischen ihren Schenkeln. Sanft und kühl. Das ist wie streicheln, dachte sie.

Was ist los mit dir? fragt Frau Wollin. Du hast ja ganz glasige Augen!

Mir geht es gut, ma petite. Mir geht es sogar sehr gut.

Auf dem Heimweg trägt sie wieder brav ihren Slip. Man weiß nie, sagt sie sich, unters Auto ist man schnell gekommen; und im Krankenhaus lachen dann alle über die schlüpferlose Alte aus dem Osten! Das muß nicht sein.

Als Max sich mit der Zeitung ins Herrenzimmer zurückzieht – Madame Barbé entschuldigt ihren Chevalier nur ungern –, erklärt sie ihr außerplanmäßiges Erscheinen: Bis Mittwoch konnte ich nicht abwarten, Elschen. Ich mußte einfach wissen, was der Arzt gesagt hat. Glaub es mir oder glaub es mir nicht, ich bin keineswegs überrascht, ich hatte so einen Animus!

Siehst du eigentlich noch deinen netten älteren Herrn? fragt Else.

Manchmal, sagt Berta, und sie bekommt diesen Café-Huthmacher-Blick.

Carsten kommt heute früher heim. Zwei Schulstunden sind ausgefallen. Er stellt den Ranzen ab, macht sich ein Brot mit Kochkäse – außer ihm ißt das niemand im Hause Scholze. Im Gegenteil, Stephan gibt vor, allein bei dem Anblick dieses »Nasenschleims« kotzen zu müssen. Dann zieht Carsten sich um. Seine schöne Schulkleidung legt er ordentlich auf einen Stuhl und sucht im Wäschekorb nach einer Hose, die nicht ganz sauber ist, nach einem ungebügelten Hemd und bunten Kindersocken. Die Haare zerwühlt er sich, und aus Stephans Schreibtischschublade nimmt er ein Kaugummi.

Er stellt sich vor den Garderobenspiegel und ist zufrieden: Jetzt sehe ich aus wie ein richtig frecher Junge. Funke ist nicht sehr schlau, der wird nicht merken, daß ich mich für ihn verkleidet habe. Carsten hat nämlich einen Plan: Er will sich bei dem Hauswart einschmeicheln. Daß der ihn nicht mag, kann er nicht akzeptieren. Der ganze Truseweg hat ihn gern, nur Funke nicht. Das muß sich ändern!

Dem bin ich zu schnieke, zu artig, zu höflich und viel zu intelligent. Von seinem besten und einzigen Freund, Peter Lenz, behauptet Funke, der flenne immer gleich los wie ein kleines Mädchen. Was leider nicht ganz falsch ist, muß Carsten eingestehen.

Von Peter droht heute keine Gefahr, der ist mit seinen Eltern zu einer Hochzeit nach Westdeutschland gefahren, in irgend so ein Kaff, in dem es keine U-Bahn gibt. Daß Tante

Berta bei den Großeltern ist, hört er. Die Damen stehen auf dem Balkon und nehmen huldvoll das Defilee der Nachbarn ab.

Carsten wird versuchen, Tante Berta aus dem Weg zu gehen, selbst auf die Gefahr hin, kein Geld zugesteckt zu bekommen. Aber heute darf es einfach nicht passieren, daß sie ihn vor Funke »Sonnenkind« nennt.

Dessen Aufmerksamkeit zu erregen ist leicht. Er fegt bekanntlich samstags die Straße, um die Nachbarn auszuhorchen und kleine Aufträge zu akquirieren. Mindestens zwei Stunden hält er sich an seinem großen Besen fest und sucht mit flinken Augen den Truseweg ab. Tritt jemand aus dem Haus oder kommt jemand um die Ecke, ist er sogleich zur Stelle. Samstags ist einiges los, die Wochenendeinkäufe wollen getätigt werden. Funke hat herausgefunden, daß es klüger ist, nur die Mieter anzusprechen, die Taschen und Tüten schleppen. Erstens kann er denen seine Hilfe anbieten und zweitens sind die froh, für ein paar Minuten ihre Last abstellen zu dürfen. Vor den Einkäufen fehlt es oft an der Lust auf ein Schwätzchen. Da ist man in Eile und will von dem Hauswart ungern aufgehalten werden. Ein kurzer Gruß wird ausgetauscht, mehr nicht. Stolz ist Funke auf seine Menschenkenntnis – und profitabel setzt er sie ein.

Carsten, der sich zur Vervollkommnung seiner Erscheinung Stephans Fußball unter den Arm geklemmt hat, nähert sich, in einer etwas zu deutlichen Absichtslosigkeit, dem Hauswart.

Guten Tag, Herr Funke.

Tach, Carsten. Bist ja gar nicht bei deiner Tante.

Auf die habe ich heute keine Lust. Die spricht wieder so komisch, da bin ich lieber rausgegangen.

Vollkommen richtig. Was hast du denn da? Das ist ja ein Fußball!

Klar ist das ein Fußball. Ich will schließlich mit Ralf Elferkönig spielen.

Der ist nicht da. Dallmanns sind gerade weggefahren. Wo ist denn dein Busenfreund?

Weiß ich nicht. Auf den habe ich aber auch keine Lust. Kann ich zugucken, wie Sie fegen?

Stört mich nicht.

Carsten überlegt. Jetzt müßte ihm ein Kompliment einfallen. Sie fegen aber schön klingt blöd. Wie wäre es, wenn er den Besen lobte? Oder ist das noch dämlicher? Carsten versucht es einfach: So einen großen Besen haben wir nicht. Oma auch nicht.

Das glaub ich dir gern. Deine Großmutter wüßte überhaupt nicht, was man damit anstellt.

Funke zustimmen oder Oma verteidigen? wieder überlegt Carsten.

Wenn Frau Warnke krank ist, fegt Oma die ganze Wohnung. Wirklich wahr!

Frau Warnke ist aber nie krank. Die geht noch mit vierzig Grad Fieber putzen. Was kriegt die eigentlich?

Na, Geld.

Wieviel? Ich meine, wie hoch ist ihr Stundenlohn?

Soll Carsten jetzt lügen oder zugeben, das nicht zu wissen? Er entschließt sich, gar nichts zu sagen und nur mit der Schulter zu zucken.

Würde mich schon interessieren, murmelt Funke.

Das kriege ich raus, sagt Carsten. Dann sag ich's Ihnen.

Sieht man da ein Lächeln über Funkes Gesicht huschen?

Bist ja heute richtig nett, sagt der.

Carsten wird rot vor Freude: Nett bin ich eigentlich immer, manchmal merkt man das vielleicht nicht.

Ja, weil du nämlich ganz schön angeben kannst.

Aber nur aus Spaß, Herr Funke.

Der sagt: Willste auch mal fegen?

Aufgeregt greift der kleine Junge sich den großen Besen, und ernst beginnt er, die Stufen zum Hauseingang 8 zu fegen.

Haste wohl bei der Stadtreinigung gelernt, sagt Funke lachend.

Carsten ist selig: Heute, heute mag ihn der Hauswart. Das ist nicht schlecht für den Anfang.

Nachmittags geht er mit den Eltern am Kanal spazieren. Steine wirft er ins Wasser, spuckt von jeder Brücke, winkt den Binnenschiffern zu, verscheucht die Enten und hält Ausschau nach Wasserratten, die seine Mutter so eklig findet. Ein Fürst-Pückler-Eis schleckt er, und zum Abschluß des Spaziergangs wird es bei Kutte Schneider Faßbrause und Wiener Würstchen geben. Carsten freut sich über den schönen Nachmittag.

Ihm fällt jedoch auf, daß die Eltern schweigsam sind, Vater ihn nicht zum Lachen bringen will, Mutter keine ironischen Bemerkungen über die Kleidung der Passantinnen macht. Da Rieke Scholze überzeugt ist, einen untadeligen Geschmack zu besitzen, nimmt sie sich das Recht heraus, Kommentare über ihre Geschlechtsgenossinnen abzugeben.

Grün und Blau putzt die Sau, lautet einer ihrer Lieblingssprüche, der zwar harsch klingt, aber nicht bös gemeint ist. Behauptet sie! Dicke Frauen in quergestreiften Blusen lobt sie: Herrlich, wie das die Figur betont! Oder sie sagt: Was man hat, soll man zeigen. Querstreifen unterstreichen die Leibesfülle auf das allerschönste.

Heute wartet Carsten vergeblich auf derartige Frotzeleien, auch vom Vater nicht eine einzige lustige Geschichte!

Mama!

Ja, mein Junge?

Habt ihr euch gestritten?

Wer?

Papa und du.

Nein, wie kommst du darauf?

Ihr seid heute gar nicht lustig.

Rieke Scholze schaut ihren Mann an. Der sagt leise: Erzähl's ihm, bevor er es von den Nachbarn hört.

Was denn, will Carsten wissen. Was Schlimmes?

Dein Opa muß ins Krankenhaus.

Warum? Opa ist doch gesund. Der liegt nicht im Bett, hustet nicht, und Fieber hat er auch nicht. Tut ihm vielleicht der Bauch weh? Dann muß sein Blinddarm raus. Das ist aber gar nicht schlimm, passiert jeden Tag. Oma sagt, den Blinddarm nimmt der Pförtner raus, das ist ganz einfach.

Nein, Carsten, bei Opa ist das nicht ganz einfach. Der hat ein Geschwür, und das muß entfernt werden.

Was für ein Geschwür? So eins wie Frau Adam hatte?

Die Schwester von Richter Adam war im letzten Herbst an Brustkrebs verstorben. Über den Verlauf der Krankheit hatte Else Wollin ihren Enkel stets auf das genaueste unterrichtet. Als Frau Adam dann zu Grabe getragen wurde, verfügt der Junge über ein für sein Alter erstaunliches medizinisches Wissen. Was Metastasen sind, ist ihm bekannt, und daß sie zum Streuen neigen. Er unterscheidet zwischen gutartigen und bösartigen Geschwüren. Bei letzteren muß eine Brustamputation vorgenommen werden. Chemotherapie hilft selten bei Krebs und wird von den Patienten sehr schlecht vertragen. Die erbrechen sich nur noch, erklärt seine Großmutter. Eigentlich sollte man diesen armen Menschen eine solche Tortur ersparen.

All das fällt Carsten jetzt wieder ein. Nichts war vergessen, er hatte nur nicht mehr daran gedacht. Omas Krankenberichte waren nicht gruselig gewesen, hatten ihn keineswegs geängstigt. Groß war vielmehr seine Freude über die neuen Wörter; und daß er verstand, was mit Frau Adam geschah, machte ihn stolz – und nährte seinen Hochmut. Sag mal, fragt er Peter Lenz, weißt du zufällig, was Metastasen sind?

Heute wird es keine Fanta geben und keine Wiener Würstchen. Mit dem schönen Samstag ist es vorbei! Carsten ist wütend, stampft mit dem Fuß auf: Opa hat Krebs! Ich weiß das!

Er reißt sich von der Hand des Vaters los und rennt in Richtung Truseweg. Er will zu seinem Großvater.

Renn ihm nach, Georg, sagt Rieke. Der kommt noch unters Auto.

Nein, sagt Scholze, Kinder haben einen Schutzengel, und an solchen Tagen haben sie mindestens zwei.

Na, Kleiner, ist alles wieder gut? fragt Rieke, die mit ihrem Mann an Carstens Bett sitzt.

Fast, Mama. So schnell stirbt es sich nicht, hat Opa vorhin gesagt. Das ist doch schön, oder?

Ja, das ist es, sagt Georg Scholze. Ich glaube, du wirst mit deinem Großvater im »Kranzler« noch so manchen Cognacschwenker leeren.

Stimmt, Papa! Morgen zum Beispiel! Morgen fahren wir zum Ku'damm, hat Opa mir versprochen. Darf ich?

Aber sicher.

Ist das wahr, daß man nicht so schnell stirbt? Oder wollte Opa nur, daß ich nicht mehr traurig bin? Würde ich zu gerne wissen.

Willst du noch beten, Kleiner?

Klar! Lieber Gott, mach bitte, daß Opa keinen Krebs mehr hat und daß wir alle gesund bleiben. Mama, Papa, Stephan, Oma, Tante Berta. Na, überhaupt alle, auch die, die mich nicht kennen. Amen. Und laß mich bitte nicht schlecht träumen. Amen. Ob ich jetzt noch sagen darf, daß ich mir ein Fahrrad wünsche?

Scholze schlägt vor, darum erst im November zu bitten. Wer weiß, was der Weihnachtsmann den braven Kindern bringt?

Der Weihnachtsmann! Carsten kichert. Papa, du weißt, daß man nicht lügen darf!

Carsten fallen die Augen zu. Er denkt noch: Heute war schrecklich viel los! Und schon ist er eingeschlafen.

Sonntags ist Max Wollin nicht gern am Ku'damm. Da sind alle möglichen Leute unterwegs, die man wochentags erfreulicherweise nicht oder nur vereinzelt sieht. Hochschwangere Frauen, die im Kinderwagen plärrende Babys über den Boulevard schieben, von ihren ausgemergelten Männern »Puppe« gerufen werden und schlecht frisiert sind. Es ist leider allzu wahr, räsoniert Wollin, der Tisch der Armut ist karg gedeckt, das Bett des Elends fruchtbar.

Jugendliche, die das feine Flanieren nicht beherrschen, sind beklagenswerterweise auch unterwegs und bahnen sich schubsend und lärmend ihren Weg. Rüpel, die man lieber in der Ackerstraße weiß als am »Kranzler«-Eck.

Natürlich zieht es auch die verhärmten Ostler in den Berliner Westen – aus unerklärlichem oder aber eindeutig masochistischem Grunde. Bei den hohen Wechselkursen können die sich ein Kännchen Kaffee und ein Stück Torte guten Gewissens kaum leisten. Mit dem Ostgeld, das dafür umgetauscht werden muß, bekommt man in Köpenick oder Treptow eine ganze Familie satt.

Was suchen diese armen Menschen hier? fragt sich Wollin, der die Ostler selbstverständlich von Herzen gern hat, ihnen aber nicht verzeihen kann, daß sie – ästhetisch betrachtet – eine Zumutung sind. Mit großen Augen stehen sie in ihren billigen verwaschenen Kleidern vor den Schaufenstern der teuren Läden und verfluchen den Sozialismus. Was für ein merkwürdiges Sonntagsvergnügen! Max Wollin wundert sich über die Brüder und Schwestern aus dem Osten. Schon tragisch, die Teilung Berlins, denkt er und ist äußerst zufrieden, in der richtigen Hälfte zu wohnen. Glück gehabt!

Die Kellnerin ist erstaunt, den älteren Herren und den kleinen Jungen zu sehen. Nanu, sagt sie, was machen Sie denn hier?

Wir wollten Kaffee trinken, wenn Sie gestatten.

Sie wissen schon, wie ich das meine! Sie kommen sonst nur unter der Woche. Ist doch viel zu voll für Sie.

Wohl wahr! Aber ich habe gestern meinem Enkel versprechen müssen, mit ihm auszugehen.

Haben Sie nie frei? fragt Carsten die Kellnerin. Heute ist Sonntag!

Ich bin froh über jede Extraschicht, die ich machen kann. Ich hab schließlich zwei Söhne zu ernähren.

Und Ihr Mann?

Welcher Mann? Meinen Sie so was wie einen treusorgenden Gatten? Daß ich nicht lache! Der Kerl hat mir zwei Kinder angedreht, und weg war er. So sieht's aus!

Sie streckt Wollin die rechte Hand entgegen: Sehen Sie hier vielleicht einen goldenen Ehering?

Das tut mir leid, sagt Wollin.

Muß Ihnen nicht. Ich arbeite gern – und ich habe zum Glück sehr großzügige Stammgäste. Dabei lächelt sie Max Wollin an.

Wollin lächelt zurück: Das sollten Sie öfter tun. Es macht Sie hübsch.

Der Cognacschwenker in der Hand des kleinen Jungen verblüfft die Gäste immer wieder. Sie schmunzeln oder stecken die Köpfe zusammen, um diesen merkwürdigen Anblick zu kommentieren. Carsten weiß, daß sie später zu Hause von einem kleinen Jungen erzählen werden, der mehrmals seinem Großvater zugeprostet hat – mit einem Cognacschwenker!

Linientreue Ostberliner würden darin einen weiteren Beweis westlicher Dekadenz sehen, aber was haben die auf dem Prachtboulevard des Klassenfeindes verloren?

Hast du es Fräulein Reeskow schon gesagt? fragt Carsten.

Was meinst du? Wollin hat nicht zugehört.

Das mit dem Krebs, Opa. Weiß sie das?

Wollin schaut seinen Enkel an. Kinder sprechen wirklich immer das aus, was Erwachsene gerade mal denken. Else wird sich die Frage gestellt haben, Rieke, Georg, Berta Barbe, selbst Stephan, der so stolz darauf ist, daß sein Großvater eine Geliebte hat. Wenn er mit Günni auf der Straße herumlungert und Fräulein Reeskow auftaucht, sagt er jedesmal: Schau an, da rauscht die Konkubine meines Großvaters heran. Die sieht echt scharf aus!

Günni beneidet ihn brennend um die Wollinschen Familienverhältnisse, in denen er nichts anderes sehen kann als eine Verhöhnung der bürgerlichen Moral. Sein dröger Großvater hatte einmal seine angeheiratete Cousine geküßt, und zwar etwas länger als es familiäre Zuneigung erlauben würde. Daraufhin warf ihn seine Frau aus dem Schlafzimmer, das er Wochen später erst wieder betreten durfte – als Waschlappen, wie Günni sich ausdrückt.

Nein, sagt Wollin, sie weiß es noch nicht.

Aber das mußt du ihr sagen. Wenn man sich gern hat, darf man voreinander keine Geheimnisse haben.

Wollin muß, ein wenig überrascht ihn das, lächeln: Ich bin am Mittwoch bei ihr, da wird sie es erfahren.

Soll ich mitkommen, Opa? Ich könnte es ihr beibringen, wenn du dich nicht traust.

Komm her, mein Kleiner, sagt Wollin, ich muß dir jetzt sofort einen Kuß geben.

Die Leute, Opa! sagt Carsten, dem Wollins Gefühlsausbruch genierlich ist.

Die sollen ruhig sehen, daß dein Großvater dich sehr, sehr lieb hat.

Die Kellnerin, die den zweiten Cognac serviert, sagt: Vollkommen richtig! Dafür muß sich niemand schämen, mein Junge.

Günni beruft eine Krisensitzung des »Funkquartetts« ein. Treffpunkt ist der Lesesaal der Stadtbücherei. Bei ihm, Ralf oder Stephan zusammenzukommen lehnt er rigoros ab. Das sei zu privat.

Wenn aus unserem Projekt etwas werden soll, dann haben wir professioneller vorzugehen, doziert er. Cola trinken, Musik hören und ein bißchen mit dem Tonband spielen bringt uns nicht weiter. Wir müssen uns in eine profimäßige Umgebung begeben, ohne Ablenkung, ohne Zerstreuung, ohne Weibergeschichten und Lehreranekdoten. Ab sofort heißt unser Motto: Konzentration auf das

Eigentliche, auf die Hörspielkunst! Die Zeit der Kindereien ist vorbei!

Ängstlich fragt sich Carsten, ob er damit gemeint sei.

Ralf haben Günnis Ermahnungen jede Lust am »Funkquartett« genommen. Warum stehe ich nicht einfach auf und gehe, wundert er sich, das ist schließlich mein Tonband, und damit kann ich so viel Kindereien anstellen, wie ich will.

Stephan hat die Brandrede auch nicht gefallen: Nun mal langsam, Günni! Schau dich um, ist das hier vielleicht eine profimäßige Umgebung? Die Wände voll mit Bücherregalen, nirgendwo ein Mikrophon oder Schneidetisch.

Was ist ein Schneidetisch?

Erklär ich dir später, Kleiner. Profimäßig, mein lieber Günni, ist ein Tonstudio und sonst nichts!

Dann suchen wir uns eben eins. Kann man mieten, habe ich gehört.

Klar, und bezahlt wird von unserem wahnsinnig hohen Taschengeld. Im übrigen, was willst du im Studio? Hast du vielleicht einen fertigen Text, den man produzieren kann? Hast du Manuskripte zu verteilen, damit wir Rollen lernen können? Wir haben noch nicht einen einzigen Satz zu Papier gebracht, und warum haben wir das nicht?

Das weiß ich nicht, sagt Carsten, der eine rhetorische Frage noch nicht als eine solche erkennt.

Unbeirrt fährt sein Bruder fort: Weil wir nicht eine zündende Idee haben! Wir haben ein Tonband, und sonst haben wir nichts!

Ralf wagt nicht, darauf hinzuweisen, daß er, er allein, das Tonband hat. Er traut sich aber, eine Auflösung des »Funkquartetts« vorzuschlagen. Lieber ein Ende mit Schrecken, sagt er altklug, als ein Schrecken ohne Ende! Fehlerfrei bringt er das heraus.

Aha, entrüstet sich Günni, unser Projekt war also ein Schrecken ohne Ende! Gut, daß ich das endlich erfahre.

Abrupt steht er auf, dabei wirft er seinen Stuhl um. Die Bibliothekarin, die das »Funkquartett« in normaler Lautstärke hat reden und streiten lassen, weil außer den Jungen niemand im Lesesaal war, wirft einen strengen Blick auf Günni. Der rennt mit hochrotem Gesicht davon.

Weg ist er, kommentiert Stephan lakonisch.

Ralf würde seine Worte am liebsten ungesprochen machen: Mensch, das war nicht ernst gemeint! Warum ist er denn gleich beleidigt? Das mit dem Schrecken und dem Ende sagt man doch so, auch wenn man es nicht meint.

Du mußt dir keine Vorwürfe machen, sagt Stephan, Günni tut immer, als wäre er kalt wie eine Hundeschnauze. Das stimmt aber nicht, Günni ist die größte Mimose, die man sich vorstellen kann. Der spielt nur den harten Cowboy, in Wirklichkeit ist er weich wie ein Zweiminutenei!

Echt? fragt Carsten.

Echt! sagt Stephan.

Ralf fühlt sich noch immer schuldig: Hätte ich bloß meinen Mund gehalten. So 'ne Scheiße!

Jungs, sagt die Bibliothekarin, im Lesesaal wird nicht geflucht, wenn ich bitten darf! Das kenne ich gar nicht von euch.

Stephan entschuldigt sich: Wir sind alle ein bißchen aufgeregt, wir streiten uns eigentlich nie.

Nie? fragt Carsten.

Na, auf jeden Fall sehr selten, gibt Ralf der Wahrheit die Ehre.

Mit artigen Grüßen und Wünschen für einen schönen Feierabend verabschieden sich die Jungs.

Die Bibliothekarin schaut ihnen nach: Zu nett, diese Vier! Da sieht man, was ein gutes Elternhaus ausmacht.

Am nächsten Tag ist Günni nicht in der Schule. Stephan schaut auf den leeren Platz neben sich. Wo steckt der nur? fragt er sich. So furchtbar war das gestern doch gar nicht! Hoffentlich macht der keine Dummheiten. Abhauen zum Beispiel, oder in eines dieser Stundenhotels am Stuttgarter Platz ziehen.

Ein langgehegter Plan ist das, schon vor Monaten schildert Günni ihn wortreich seinem Freund: Ich möchte zu gern drei, vier Tage in einem solchen Etablissement absteigen und die dortige Unterwelt observieren, das Dirnenmilieu, die Zuhälterkreise, die Zocker, Schläger, Panzerknacker und Hehler, all das Gelichter, das sich nachts aus seinen Schlupflöchern wagt, um junge Männer in die Lasterhöhlen zu locken, wo geschlechtskranke Frauen, ausgemergelte Lustdienerinnen von seelenloser Geilheit, ihr gottverdammtes Tun und Treiben haben.

Oh ja, ereifert sich Günni, sie gaukeln Liebe und Leidenschaft vor, hegen aber keinen anderen Wunsch, als uns, die strahlende Jugend dieser Stadt, durch Dreck und Unrat zu ziehen und, wenn wir keine müde Mark mehr in der Tasche haben, kalten Herzens in die Gosse zu stoßen, wo wir irren Blicks und zitternder Hand – das ist der Tribut, den Ausschweifung und Exzeß fordern –, nach Kippen suchen und weggeworfenen Schulbroten.

Stephan ist verblüfft von der Heftigkeit, mit der Günni geredet hat, und zugleich ist er angetan von der blumigen Schilderung. Er sagt: Günni, ich glaube, du bist krank im Kopf, und ich glaube ferner, daß du nicht deiner Empörung Ausdruck verliehen hast, sondern deinen geheimsten Wünschen. Lieber Freund, der Abschaum lockt dich, der Ekel fasziniert dich.

Ja, das bekenne ich, Herr Freud! Vielen Dank für die kostenlose Analyse. Helfen Sie mir, Herr Professor, bitte helfen Sie mir!

Bester Günni, ich bezweifle, daß dir noch zu helfen ist. Mal ehrlich, hast du das aufgeschrieben und dann auswendig gelernt? Deine Rede klang wie eingeübt, das macht mich mißtrauisch!

Na ja, sagt Günni, einiges davon steht in meinem Tagebuch.

Dir dürfte auch einiges gestanden haben, als du das notiert hast. Ausschweifung, Liebesdienerin, Lasterhöhle, das läßt einen doch nicht kalt! Da pocht es zwischen den Schenkeln, gell, mein geiler Günni?

Bitte, keine Schlüpfrigkeiten! sagt der. Dann fängt er an zu stöhnen und reibt mit der rechten Hand einen imaginierten, dreißig Zentimeter langen Penis. Auch Stephan läßt es sich nicht nehmen, eine wilde Onaniepantomime vorzuführen. Den Höhepunkt simulierend, wälzt er sich grunzend und schnaufend auf dem Teppich. Günni, mit seiner dichterischen Ader, preist jaulend die heiße Lava seiner Lenden.

Ohne anzuklopfen öffnet Rieke Scholze die Zimmertür.

Ihr seid im ganzen Haus zu hören, sagt sie. Was sollen denn die anderen Mieter denken? Daß hier nachmittags Orgien stattfinden?

Verzeih! fleht Stephan, vor seiner Mutter kniend. Wir haben uns versündigt.

Günni sitzt wieder brav auf seinem Stuhl und sagt: Entschuldigung, wir waren wirklich zu laut. Kommt nicht wieder vor, Frau Scholze.

Auf was für Ideen ihr kommt!

Mütterlein, wir sind leider die unzurechnungsfähigen Opfer unserer Pubertät!

Nanu, sagt seine Mutter, ich denke, aus der seid ihr schon lange heraus?

Rückfälle sind das, sagt Günni, beklagenswerte Rückfälle.

Kopfschüttelnd und durchaus amüsiert verläßt Frau Scholze das Zimmer.

Wehmütig erinnert sich Stephan dieses fröhlichen Nachmittags. Heute, denkt er, ist ein richtig beschissener Vormittag! Wo steckt dieser Günni? Der schwänzt nie, der bleibt nicht einfach weg. Was ist in den gefahren? Soll ich vielleicht jede Absteige am Stutti aufsuchen und fragen, ob hier ein langer spacker Oberschüler mit Hautproblemen logiert?

Dr. Scholl, der Klassenlehrer, erkundigt sich, wo Stephans Alter ego sei.

Ohne lange nachzudenken sagt der: Krank, Günni ist krank.

So plötzlich? Gestern schien er noch das blühende Leben zu sein.

Gestern vormittag, Herr Dr. Scholl! Am Abend sah das schon ganz anders aus, da hat er nur noch ge…, da hat er sich pausenlos übergeben müssen.

Und warum, bittschön, hat er das?

Fischvergiftung, sagt Stephan, verdorbene Maischolle! Hohes Fieber hat er übrigens auch!

Nun, da können wir nur hoffen und beten, daß der liebe Günni aus dieser gesundheitlichen Krise lebend hervorgeht, nicht wahr?

Sie glauben mir nicht, richtig?

Richtig! sagt Dr. Scholl. Was soll's, dein Freund Günni wird heute einfach keine Lust verspürt haben, dem Dürer-Gymnasium die Ehre zu geben. Selten genug passiert das.

Nie passiert das! verteidigt Stephan seinen Freund. Günni kann gar nicht schwänzen, dazu fehlen ihm die Nerven.

Gehst du nachher bei ihm vorbei?

Stephan schaut aus dem Fenster.

Nanu, habt ihr euch etwa gestritten?

Ja, sagt Stephan. Ich glaube, der will mich heute nicht sehen.

Und bleibt deshalb dem Unterricht fern? Bei aller Liebe, das geht nicht; das kann ich nicht akzeptieren! Auf die Einhaltung einiger Regeln habe ich als Lehrer durchaus zu achten. Sage das bitte deinem Busenfreund! Du verträgst dich mit ihm, und dann vergessen wir die ganze Geschichte. In Ordnung?

In Ordnung, sagt Stephan. Und vielen Dank, Herr Dr. Scholl.

Scholl muß plötzlich an seinen Schulfreund Walter denken, den blonden wilden Walter. Was wird aus dem geworden sein?

Stephan traut sich nicht zu klingeln. Hinter der Wohnungstür ist Musik zu hören. Wagner. Den legt Günni immer auf, wenn er deprimiert ist oder traurig, aufgewühlt und seines beherrschten Wesens verlustig.

Wagner ist kein gutes Zeichen, denkt Stephan. Der Streit im Lesesaal muß ihn ganz schön mitgenommen haben. Ob ich einfach gehe? Nee, das wäre feige. Jetzt wird geklingelt!

Die Wohnungstür öffnet sich um einen schmalen Spalt. Ein blasser Günni, der keine Anstalten macht, seinen Freund hereinzubitten, sagt kühl: Gibt es irgendwas?

Einiges gibt es, sagt Stephan, du bist gestern, ohne ein Wort zu sagen, abgehauen. Heute warst du nicht in der Schule. Du läßt von dir nichts hören und sehen! Verrate mir, wie das weitergehen soll!

Das ist nicht dein Problem, Stephan Scholze. Ich, allein ich, muß Konsequenzen ziehen, die zu einer Neuorientierung meines Lebens führen werden. Einen schönen Nachmittag wünsche ich.

Günni will die Tür schließen. Stephan schubst den Freund in den Korridor, zerrt ihn in sein Zimmer und stößt ihn auf die Liege. Dann hockt er sich auf dessen Brust und sagt: Drehst du jetzt vollkommen durch, Günther Heckmann? Bist du über Nacht verblödet? Tickst du nicht mehr richtig?

Günni stöhnt: Ich bekomme keine Luft. Laß mich!

Nein, ich laß dich nicht, du Spinner.

Da treffen sich die Blicke der Freunde, und beide erröten.

Wenn uns jemand beobachtet! sagt Günni mit leicht angerauhter Stimme. Man könnte meinen, du wolltest mich vergewaltigen.

Stephan lächelt satanisch: Wer weiß, vielleicht will ich das, mein süßes Knäblein.

Du könntest dich jetzt von meiner Brust erheben, sagt der. Falls dir das nicht den Spaß verdirbt.

Stephan springt lachend von der Liege, Günni lacht auch.

Still friends?

Sure, Stephen! Still friends.

Sagst du es heute Charlotte? fragt Else Wollin, die, wie jeden Vormittag, ihrem Mann beim Elf-Uhr-Frühstück Gesellschaft leistet.

Max guckt seine Frau an: Heute hast du sie zum ersten Mal beim Vornamen genannt, Elschen. Seit Jahrzehnten ist sie das Fräulein Reeskow für dich, die Tippse, die Schickse ...

Die Wasserstoffblondine und die Hochhackige, ergänzt Else. Sie lächelt, ihr Mann auch.

Eigentlich bist du ein Bigamist, Max, nicht vor dem Gesetz, aber moralisch. Ging das eigentlich immer gut, zwei Frauen gleichzeitig? Mal ehrlich, gab es da eine Rangfolge? Else, die Nummer Eins, Charlotte, die Nummer Zwei? Jedenfalls für die Familie und Nachbarn. Im Schlafzimmer war dein Lottchen die Favoritin, nehme ich an.

Elschen, es fiel mir immer schwer, mich auf eine Frau zu beschränken, um es einmal so auszudrücken.

Ja, du hast die Abwechslung in der Tat geliebt. Ein knappes Jahr nach unserer Hochzeit fingst du an, fremdzugehen. Habe ich recht?

Ich bin manchmal im falschen Bett gelandet, das gebe ich gern zu. Quatsch, nicht gern, sondern reumütig gestehe ich das.

Ach, Mäxchen, du weißt, das nehme ich dir nicht ab. Mußt nicht mehr nach Ausreden oder Ausflüchten suchen. Seit dem Befund wünsche ich mir, du hättest die Kraft, einen ganzen Harem zu beglücken. Eifersüchtig bin ich nicht mehr, das darf man nur in guten Zeiten sein.

Hattest du gute Zeiten mit mir? So richtig eifersüchtig warst du eigentlich nie, oder?

Was fragst du? Die heimlichen Affären sind Schnee von gestern, Max, und Charlotte haben wir halt als deine Mätresse akzeptiert. Damit haben die Ehefrauen seit Jahrhunderten zu leben. Ich erwähne nur: Madame Pompadour und Lola Montez.

Else, ich muß es wissen: Hattest du gute Zeiten mit mir?

Die besten, mein Max, sagt sie zärtlich, die allerbesten!

Max geht zur Balkontür, dreht seiner Frau den Rücken zu und sagt mit brüchiger Stimme: Ich habe nie aufgehört, dich zu lieben, Elschen!

Deren Augen füllen sich, was sie ja oft tun, mit Tränen, diesmal solchen des Glücks. Wollin räuspert sich nach Männerart und sagt: Das klingt fatalerweise nach Courths-Mahler, aber es ist wahr!

Daß mein Göttergatte, der große Ironiker, Gefühle zeigt, bin ich gar nicht gewöhnt! Aber sei versichert, das stört mich keineswegs. Im Gegenteil!

Jetzt ist bestimmt der Kaffee kalt, sagt Wollin, als er sich wieder an den Frühstückstisch setzt.

Ich mach uns frischen, sagt Else. In der Küche summt sie vor sich hin, eine dieser Operettenmelodien, die die Liebe feiern.

Man riecht es schon im Korridor, der Geruch ist im Herrenzimmer, im Eßzimmer. Wenn man bei geöffneter Tür auf dem Balkon steht, dringt er aus dem Wohnzimmer. Aus dem halben Zimmer, das Max Wollin nach seiner Entlassung aus dem Krankenhaus bezogen hat, strömt unablässig der beißende Duft von Kölnisch Wasser, von 4711, mit dem sich Wollin mehrmals täglich einreibt. Seine Haut ist schon ganz fahl, juckt, beginnt auszutrocknen, aber Wollin will den Gestank vertreiben, der seiner Meinung nach von dem Kotbeutel aufsteigt, was nicht der Fall ist.

Der wird von Else oder Rieke oder Charlotte, die bei der Pflege des Kranken helfen darf, gründlich gereinigt, wieder und wieder ausgespült mit heißem Wasser, desinfiziert, besprüht mit 4711. Nichts hilft, Max Wollin, der die Operation gut überstanden hat, spürt den Gestank von Kot in der Nase – ständig. Beim Erwachen, beim Einschlafen, bei den Mahlzeiten.

Wenn ich nicht esse, denkt er, verdaue ich nicht. Dann füllt sich dieser verdammte Beutel nicht mit meiner Scheiße, sondern mit Luft. Aber wahrscheinlich stinkt die auch.

Max, sagt seine Frau, du mußt mehr essen. Du brauchst jetzt Kraft und Energie. Willst du nicht wieder auf die Beine kommen?

Wozu? Ich bin zwar noch da, aber daß ich lebe, kann man eigentlich nicht behaupten. Ich verbreite üble Gerüche, darauf beschränkt sich meine ganze Existenz!

Diese Angst versuchen ihm die Frauen auszureden. Auch Georg kommt ins halbe Zimmer und versucht es mit derben Scherzen: Nun sei mal nicht so empfindlich wie eine hysterische Stiftsdame mit überfeinem Näschen. Wahr ist, daß es hier entsetzlich stinkt, aber das liegt an den Gallonen von Kölnisch Wasser, nicht an dir und deiner Krankheit. Schwiegerpapa, mach dich bitte nicht verrückt und, bitte, mach die Frauen nicht verrückt. Die sind bereits im Parfümrausch.

Georg, ich weiß. Aber was kann ich tun, was kann ich Wrack denn noch tun?

Spring über deinen Schatten. Für dein biblisches Alter bist du noch ganz gut in Schuß.

Mein lieber Schwiegersohn, wenn ich über meinen Schatten springe, verliere ich nur den Anus praeter.

Kämpfe! sagt Georg, die Hand Wollins streichelnd. Tu es für Carsten!

Wollin lächelt wehmütig.

Spontan darf Carsten seinen Großvater nicht mehr besuchen. Ankündigen muß er sich, damit nachgeschaut werden kann, ob der Beutel leer ist. Erst wenn dies der Fall ist, wird ihm gestattet, sich sogleich zu Wollin auf die Bettkante zu setzen. Muß der Beutel gereinigt werden, hat er mindestens eine Dreiviertelstunde zu warten, dann erst glaubt Wollin, alle Gerüche, die ein Kind ekeln könnten, seien verflogen.

Carsten mag 4711. Gott sei Dank!

Komm, Opa, wir reiben uns jetzt ein, sagt er und streicht das Duftwasser auf Opas Arme, auf Stirn und Nacken. Wenn Carsten kurze Hosen trägt, sprüht er es auf seine

Kniescheiben, die nie schorfig und selten schmutzig sind. Darüber wundert sich Wollin oft: Fällt dieses Kind nie hin? Was spielt er mit seinem Freund Peter? Hoppse und Mutter-Vater-Kind?

Der ganze Truseweg weiß von Wollins Operation, und groß ist die Anteilnahme. Blumen werden gebracht, Frau Dallmann bäckt eine Herrentorte. Nur eine solche scheint ihr passend. Einem Grandseigneur wird man nicht mit ordinärem Streuselkuchen kommen dürfen. Elke Wetzel bietet den Frauen ihre Hilfe an; der Druckereibesitzer gibt sich die Ehre; selbstverständlich macht Funke seine Aufwartung, frisch rasiert und pomadisiert. Sie sehen aber heute schick aus, sagt Else und erntet vom Hauswart, der sich für einen Meister der Mieter-, besser: Kundenbetreuung hält, einen Blick, der ihm recht verwegen gelingt. Die Comteß von Veltheim erschauert.

Die Damen Herbst schicken eine Genesungskarte mit dem Hölderlin-Zitat: Wo aber Gefahr ist, wächst das Rettende auch. Ausnehmend gut gefällt das Else Wollin, die sofort ihren Mann fragt, ob es sich lohne, Hölderlin zu lesen?

Ich kenn ihn selber kaum, sagt er. Schau doch in unsere Gedichtsammlungen. »Das große Buch der Verse«, »Lyrisches Erbe«, »Der ewige Brunnen«, und wie sie alle heißen.

Die Damen Herbst verfügen über eine größere Bildung, als ich vermutete, sagt Else beeindruckt. Das sind sehr, sehr feine Menschen.

Elschen, sagt Max, auf jeden Fall ist es keine Schande, mit den alten Jungfern unter einem Dach zu wohnen.

Eduardo Lehnmann, dessen Frau jetzt immer häufiger zu ihrer kranken Mutter fahren muß, nutzt Wollins Erkrankung zum eigenen Vorteil. Nun darf er, ohne aufdringlich zu wirken oder nach fadenscheinigen Gründen suchen zu müssen, alle zwei, drei Tage bei Frederieke Scholze klingeln, in die er nicht gerade verliebt ist, aber man kann sagen, daß es ihm die vollschlanke Brünette mit den haselnußfarbenen Augen und dem Kirschmund angetan hat. Von sexuellem Begehr soll nicht gesprochen werden, aber wieder einmal im Keller auf einem Kartoffelsack sitzen und den Kopf auf Riekes Schulter legen, das täte ihm schon gefallen. Nicht nur der Stille wegen.

Bei seinem dritten Besuch innerhalb weniger Tage sagt Rieke: Mein lieber Eduardo, Ihre Anteilnahme am Schicksal meines Vaters rührt mich zutiefst. Das zeugt von beispielhafter Mitmenschlichkeit und einer Compassion, die Sie zu einem Heiligen macht! Anders gesagt, Sie Filou: Den Braten habe ich längst gerochen! Sie wollen mir den Hof machen, einer glücklich verheirateten Frau und Mutter. Den Kopf wollen Sie mir verdrehen, weil Sie darauf bauen, daß Klavierspieler Glück bei den Frauen haben. Mein lieber Eduardo, machen Sie sich bitte keine falschen Hoffnungen. Im übrigen könnte ich Ihre Mutter sein.

Rieke ärgert sich über diese Bemerkung, die sie sofort korrigiert: Natürlich nicht! Aber acht Jahre älter als Sie bin ich schon.

Da hat sie zwar zwei Jahre unterschlagen, aber fallen die bei einer hübschen Frau ins Gewicht? Eduardo zeigt sich überrascht: Ich dachte, wir wären gleichaltrig.

Selbst Komplimente sollten einen Hauch von Glaubwürdigkeit haben, Sie Verführungskünstler. Wenn ich dreißig wäre, hätte ich meinen Ältesten im zarten Alter von dreizehn bekommen.

Na, ich meine, wir sehen gleichaltrig aus.

Das dürfen Sie sagen. Jederzeit! Was mache ich nur mit Ihnen, Eduardo?

Da könnte ich den einen oder anderen Vorschlag anbieten, balzt der Tonsetzer.

Rieke hat ihn von Herzen gern, und der harmlose Flirt hilft ihr in diesen Wochen. Es ist oft Traurigkeit in ihren Augen, aber neuerdings flackert auch ein Leuchten auf.

Scholze ist nicht ernsthaft eifersüchtig auf die halbe

Portion vom zweiten Stock. So sicher ist er seiner männlichen Attraktivität, daß er Rieke dieses Geplänkel gönnt. Ihr Leben soll schließlich nicht nur aus Krankenpflege bestehen.

Max Wollin findet keinen Schlaf. Wie auch, den ganzen Tag dämmert er vor sich hin, erhebt sich allenfalls zu den Mahlzeiten, läuft zwei-, dreimal den Korridor rauf und runter, stellt sich an die geöffnete Balkontür – hinaustreten will er nicht, er möchte nicht von den Nachbarn gesehen werden –, macht halbherzig ein paar Atemübungen, die ihm der sportliche Stephan vorgeführt hat, und legt sich dann erschöpft wieder hin.

Vor drei Wochen ist er aus dem Krankenhaus entlassen worden, aber nicht ein einziges Mal hat er sich seitdem angekleidet. Er weigert sich, eine Hose anzuziehen, weil er befürchtet, der Beutel würde sich durch den Stoff abzeichnen. Nur in Schlafanzug und Morgenmantel, der eher ein Hausmantel genannt werden muß (braune Wolle mit dunkelgrünem Samtkragen und ebensolcher Paspel), fühlt er sich sicher.

Wünsche und Vorschläge, die Else, Rieke und auch Charlotte an Wollin haben, werden an Carsten weitergegeben, der soll sie in aller kindlichen Naivität dem Großvater unterbreiten, als wären sie ihm gerade erst in den Sinn gekommen.

Weißt du was, Opa, sagt Carsten so beiläufig, wie es ihm möglich ist, du könntest dich ruhig mal wieder schick machen. Zieh doch dein neues Jackett an, das mit den Lederknöpfen. Ich trage meinen Sonntagsanzug, und dann fahren wir zum Ku'damm. Wie wär's, Opa?

Von wem stammen denn diese wunderbaren Vorschläge? Von deiner Großmutter?

Nein, darauf bin ich ganz allein gekommen.

Hat Fräulein Reeskow auf dich eingeredet?

Nein, nun glaube mir doch, Opa! Mama hat auch nichts

gesagt. Du weißt, wie gerne ich mit dir ausgehe. Komm, zieh dich an, wir können ja auch nur am Kanal spazierengehen, wenn du fürs »Kranzler« zu müde bist.

Kleiner, ich bin für alles zu müde. Das ist das Problem.

Dagegen mußt du ankämpfen, hat Oma vorhin gesagt.

Als sie dich bat, mit mir zu reden. Stimmt's?

Ja, Opa ... Aber so richtig echt gelogen habe ich eben nicht. Oder?

Nein, mein Junge, ihr meint es ja alle gut mit mir. Aber es geht einfach nicht. Ich mag dieses Bett nicht verlassen.

Nie mehr? fragt Carsten entsetzt. Nie, nie mehr?

Gib mir noch ein, zwei Wochen, dann tanze ich mit dir über den Ku'damm.

Mit der Kellnerin, Opa?

Klar, wenn sie gute Laune hat.

Carsten, der befürchtet, seinen Auftrag nicht zur Zufriedenheit der Frauen erledigt zu haben, versucht es noch einmal: Soll ich dir vielleicht deine neue Hose bringen?

Die aus Flanell? Übrigens, mein Junge, erzähl deiner Großmutter nie, daß wir die von »Braun« haben.

Warum? Wir haben sie doch nicht gestohlen. Wir haben dafür bezahlt, Opa.

Genau das ist es, wir haben für dieses Beinkleid ein Vermögen hingelegt.

Carsten freut sich über »Beinkleid«. Das wäre lustig, wenn die Männer Kleider an ihren Beinen trügen.

Willst du? fragt er.

Was?

Die Hose anziehen!

Du bist ganz schön beharrlich. Du denkst wohl, du könntest deinen alten Großvater um den Finger wickeln.

Dafür bist du viel zu groß und viel zu schwer, Opa, kichert Carsten. Wenn Stephan mir hilft, wickle ich dich vielleicht um den Bauch.

Wollin nimmt seinen Enkel in die Arme, was ihm etwas schwerfällt, weil er sich im Bett aufrichten muß: Was für ein lustiger und lieber Bursche du bist. Du machst deinem Großvater viel Freude.

Mach ich allen. Da darfst du aber nicht eifersüchtig sein, dich habe ich am viertliebsten.

Nach deinen Eltern und Stephan?

Ja. Obwohl: Eigentlich habe ich dich genauso lieb wie Stephan.

Also teile ich mir mit ihm Platz drei, richtig? Wo rangiert denn deine Oma?

Rangiert?

Welchen Rang bekleidet Oma? Welchen Platz hat Oma?

Gott, denkt Carsten, so kompliziert muß man aber nicht reden.

Platz vier, danach kommt Fräulein Reeskow.

Wollin lächelt in sich hinein. Bei mir war es Platz zwei, Else und Rieke waren immer die Nummer eins.

Immer? fragt sich Wollin. Es gab diese Momente, in denen er alles hinschmeißen wollte, um mit Charlotte ein neues Leben anzufangen, irgendwo, wo sie niemand kannte, niemand ihnen scheele Blicke zuwarf und sich hinter ihrem Rücken das Maul zerriß.

Charlotte, eine nicht nur schöne, sondern auch kluge Frau, hat Max nie eine Entscheidung abverlangt, nie vor die Wahl (Ich oder sie!) gestellt. Sie wußte, wie sehr Max an seiner Frau und seiner Tochter hing, die er mehr liebte, als ihm bewußt war. Sein großes Herz hatte aber auch unbegrenzt Platz für Charlotte, mit der ihn nur in den ersten Monaten ein Techtelmechtel, eine Affäre verband. Schon bald wurde die Geliebte seine Frau, seine andere Frau.

Wollin will es wagen; er will sich eine richtige Hose anziehen, um die quälende Ungewißheit loszuwerden. Was soll schon sein, versucht er sich einzureden, entweder sieht man's, was ich sowieso befürchte, oder man sieht es nicht, und dann kann ich mich wieder zivilisiert kleiden. Sozusagen: Comme il faut.

Er bittet seinen Enkel, ihm die Herrenausstatter-»Braun«-Hose zu bringen, deren Preis ihm eine diebische Freude bereitet. Dort eingekauft zu haben war zugegebenermaßen ein snobistischer Akt, sagt er sich, aber auch ein alter Mann braucht seine Leichtsinnigkeiten.

Er bittet Carsten, das Zimmer zu verlassen, während er aus dem Bett steigt: Berichte deiner Großmutter, daß du deinen Auftrag zur völligen Zufriedenheit erledigt hast.

Ich kann ja sagen, daß ich dich um den Finger gewickelt habe.

Das kannst du, mein Junge. Aber nun raus mit dir. Paß bitte auf, daß Oma nicht in den Korridor geht.

Warum?

Weil nur auf dem Korridor ein großer Spiegel ist, in dem ich mich von Kopf bis Fuß sehen kann.

Warum darf Oma dich nicht sehen? Die kennt dich seit hundert Jahren.

Ich will allein sein. Vielleicht paßt die Hose nicht mehr.

Bei »Braun« hat sie gut gepaßt. Weißt du noch, was der Verkäufer gesagt hat? Mein Herr, diese Hose sitzt wie angegossen.

Hat er gesagt. Also, du verwickelst deine Großmutter in ein längeres Gespräch, und wenn du mich räuspern hörst, darfst du in den Korridor kommen.

Mit Oma?

Ja sicher. Wenn du nichts hörst, habe ich mich wieder hingelegt. Dann bringst du die Hose unauffällig zurück in den Kleiderschrank. Und kein Sterbenswörtchen zu Oma! Verstanden?

Verstanden!

Carsten schwirrt der Kopf: Wie schwierig alles geworden ist, seit Großvaters Krankheit. Anmelden muß man sich bei ihm, beim Anziehen darf man ihm nicht zugucken, immer muß man leise sein und auf Zehenspitzen laufen. Was Oma erzählt, darf Opa nicht hören, und Opa fordert einen auf, kein Sterbenswörtchen zu sagen. Schön ist es nicht mehr bei den Großeltern. Früher ging es lustiger zu. Und eigentlich mag er 4711 gar nicht. Das stinkt!

Wollin hört im Herrenzimmer die Uhr schlagen. Halb drei ist es und er ist putzmunter. An Erfreuliches will er denken, das beruhigt die Nerven und bringt vielleicht den Schlaf:

Das mit der Hose ging gut; sie ist so weit geschnitten, daß man den Beutel nicht wahrnimmt. Ich könnte wieder Anzüge tragen und endlich aus diesen Pyjamas steigen. Hiermit beschließe ich, wieder meinen Ruf als elegante Erscheinung zu pflegen! Else, Rieke, Charlotte und die Damen vom Truseweg wird meine Auferstehung erfreuen. Darauf hoffen sie seit Wochen. Max Wollin, wird die Kunde gehen, ist wieder ganz der alte.

Noch fehlt es an der Energie, durch die Gegend zu paradieren, anmutig Homburger oder Panama zu lüpfen und den Frauen der Nachbarschaft Komplimente zu präsentieren. Aber ich spüre, redet sich Wollin ein, daß es mir von Tag zu Tag leichter fällt, das Bett zu verlassen. Vielleicht ist hier der Wunsch Vater des Gedankens, aber sei's drum. Optimismus – unbegründet oder berechtigt – hat heilende Wirkung, behauptet Dr. Waldau.

Noch trete ich nicht ab! beschließt Wollin. Morgen mag ich darüber anders denken, aber heute nacht blicke ich in eine rosige Zukunft! Wollin lacht, schüttelt den Kopf, ist baß erstaunt über seine hellen Gedanken. Das wird doch hoffentlich nicht die Euphorie des Sterbenden sein? Die treten ja angeblich alle glückselig in das ewige Licht.

Was gibt es Erfreuliches? War sein letzter Besuch vor der Operation bei Charlotte erfreulich? Sehr traurig war dieses Treffen und sehr ... Max sucht nach dem passenden Wort ... sehr schön. Voller Zauber und Zärtlichkeit. Das würde Max niemandem erzählen, aber für ihn ist es wahr. Das finde lächerlich, wer will, daß ein siebzigjähriger Krebskranker und eine ramponierte Blondine genau das erlebt zu haben glauben: Zauber und Zärtlichkeit.

Anfangs weinte Charlotte bitterlich und stellte die gleichen Fragen wie Else Wollin (Was soll nur werden? Was können wir tun? Wie kann ich dir helfen?), aber dann bemerkt sie, wie die Tränen ihr Make-up wegschwemmen. Eilig verschwindet sie für eine geschlagene halbe Stunde im Bad und restauriert sich mit Sorgfalt. Lid- und Lippenstift, Puder und Creme, Parfüm und Haarspray kommen zu großzügiger Anwendung und machen aus der verheulten Mittfünfzigerin eine tadellos gepflegt Frau Anfang vierzig.

Dieses Wunder der Verwandlung begeistert Max Wollin immer wieder. Seine Charlotte ist keine Sklavin der Zeit und der Jahre, für sie gelten die Gesetze des Alterns nicht, jedenfalls nicht immer. Für ein paar Stunden kann Charlotte so jung sein, wie es ihr und ihrem Max gefällt.

Sie setzt sich auf seinen Schoß und trinkt mit ihm Sekt aus einem Glas.

Laß uns ins Bett gehen, sagt Wollin plötzlich, aber erwarte nicht, daß ich dich dorthin tragen werde.

Erst tanzen wir, sagt Charlotte und legt eine Platte auf.

Während sie sich langsam zur Musik bewegen, ziehen sie sich aus. Sehr geschickt gelingt ihnen das. Jahrzehntelange Routine.

Als Wollin nackt ist, weiß er, daß er sich nie mehr vor einer Frau, vor keinem Menschen mehr ausziehen wird. Ich gebe heute meine Abschiedsvorstellung, denkt er.

Charlotte schaut ihn zärtlich an: Max, du warst der schönste Mann, den ich je getroffen habe.

Sie faßt ihn bei den Hüften, dreht ihn um und küßt seinen Hintern.

Was machst du? fragt Max irritiert.

Ich küsse deinen Krebs weg. Du weißt, daß ich zaubern kann.

Als sie umschlungen im Bett liegen, schläft Wollin ein. Für den letzten Liebesakt seines Lebens ist er zu müde. Diese Abschiedsvorstellung liegt schon ein paar Wochen zurück.

Carsten hat auch die Uhr im Herrenzimmer gehört, auch er kann nicht schlafen. Auf der Fensterbank hockt er in einem Pyjama, den er wegen der tomatenroten Hose und der papageienbunten Jacke das Zirkus-Scholzini-Kostüm getauft hat. Er zieht es an, wenn er kleine Kunststückchen vorführt oder Witze erzählt, Kinder-Witze, keine Stephan-Witze, in denen ständig irgendwelche Nonnen zum Frauenarzt gehen.

Nach der Vorstellung hält er seine Schirmmütze auf. Keine Gelegenheit, ein paar Groschen zu verdienen, läßt er ungenutzt verstreichen. Stephan behauptet, sein Bruder würde ihn an den Teufel verkaufen, wenn der Preis stimme. Aber noch hat sich der Höllenmeister nicht gemeldet, nur manchmal in dunkler Nacht hört man seinen Pferdefuß scharren, zischt der Kleine dem Großen ins Ohr, der daraufhin vor Angst schlottern muß: Er kommt, Beelzebub kommt mich holen! Ich spüre seinen funkenstiebenden Atem. Mutter Maria hilf! Mama Rieke, bewahre mich vor der Ewigen Verdammnis!

Carsten untermalt diesen Aufschrei einer verzweifelten Seele mit grauenerregendem Schnauben und Schnaufen, und er keckert wie ein schwarzer Vogel, der seinen spitzen Schnabel in tödliches Gift getaucht hat.

Der Junge findet keinen Schlaf, weil er weiß, daß der Großvater sterben wird. Das nächste Jahr, flüstern die Erwachsenen, nicht leise genug für neugierige Kinderohren, wird er wohl nicht mehr erleben.

Nie wird der mitbekommen, daß Carsten am 12. Februar seinen zehnjährigen Geburtstag feiert! Das macht den Jungen traurig, aber auch sehr wütend. Warum stirbt Opa, kann der nicht noch ein paar Jahre warten? Carsten möchte ihm beweisen, daß er auch auf dem Gymnasium Klassenprimus sein wird; zeigen, wie groß er geworden ist, wie stark und mutig. Erfahren soll der Großvater, daß sein lammfrommer Enkel, dieses Vorzeigekind, es faustdick hinter den Ohren hat, daß er frech sein kann und widerspenstig. Das alles sollte Opa mit eigenen Augen sehen, aber nun wird daraus nichts. Carsten nimmt sich vor, ihn nicht mehr zu mögen. Kein dritter Platz mehr für den alten kranken Mann, der wie eine Parfümerie riecht und ganz faltig ist.

Es gibt einen Grund, der es Carsten leicht macht, den Großvater nicht mehr lieb zu haben. Er erinnert sich eines sonntäglichen Zwischenfalls vor zwei Monaten: Papa und Stephan sind mit den Rädern unterwegs; Mama sitzt mit den Damen Herbst, die überraschend die Einladung angenommen haben, Frau Dallmann, Elke Wetzel, Fräulein Reeskow und Berta Barbe, die ungebeten aufgetaucht ist, in Elses Salon, auch Wohnzimmer genannt. Es wird gelacht und getratscht. Petits Fours werden gereicht und Gebäck von »Hellmich«, dem Konditor der Neuköllner Gesellschaft. In der Karl-Marx-Straße betreibt er ein gepflegtes Café, wo eine Dame, lobt Else, auch ohne Herrenbegleitung ungeniert verweilen kann.

Berta wird auf dem Korridor mit gedämpfter Stimme ermahnt, sich zu benehmen. Keine Pariser Schlüpfrigkeiten oder sonstige französische Anzüglichkeiten! flüstert Else. Madame Barbé ist für ihre Verhältnisse dezent gekleidet, sieht man einmal von dem breiten Kunstledergürtel ab, auf den handtellergroße Plastiksonnenblumen geklebt sind. Zwanzig werden es wohl sein. Ansonsten kann Bertas Aufzug eigentlich niemandem unangenehm auffallen, worüber ihre Freundin heilfroh ist.

Die Damen Herbst tragen schwarze Kleider mit weißen Spitzenkrägelchen. Praxeda schmückt eine zweireihige Perlenkette, ihre Schwester eine Gemme aus Elfenbein. Sehr gediegen das alles, denkt Berta, und sterbenslangweilig! So möchte ich nicht im Sarg aussehen.

Wollin liegt auf dem Diwan und blättert in der Zeitung. Die Traueranzeigen legt er für seine Frau zur Seite, die sie stets mit großem Interesse und etwas geringerer Anteilnahme studiert. Kennt sie einen der Verblichenen, freut sie sich wie ein Kind.

Elschen, sagt Max, du pflegst eine makabere Leidenschaft.

Das kann sie nicht beirren: Stell dir vor, Max, der alte Herr Schubert ist gestorben, im gesegneten Alter von dreiundneunzig!

War das nicht der Schieber aus der Roseggerstraße, der mit amerikanischen Soldaten dunkle Geschäfte gemacht hat?

Genau der! Dafür hat er monatelang im Gefängnis gesessen.

Wollin lacht: Elschen, kannst du dich erinnern? Als der seine Haftstrafe antreten mußte, ist er mit Bundhosen, Tirolerhut und Skiern über der Schulter stundenlang durch die Straßen gezogen. Im Truseweg habe ich ihn angesprochen: Wo geht's denn hin, Herr Schubert? Ende März zum Wintersport?

Die schönste Zeit, Herr Wollin! Da sind die Pisten nicht mehr so voll.

Nach fünf, sechs Wochen beginnt die Nachbarschaft nachzuhaken.

Ist Ihr Mann immer noch in den Bergen? wird Frau Schubert scheinheilig gefragt, denn mittlerweile ist jedem bekannt, daß der Ruf des Berges aus der Strafanstalt Tegel erscholl.

Haben Sie nicht gehört, was meinem Mann passiert ist? Der ist aus dem Skilift gefallen und hat sich den rechten Arm und das linke Bein gebrochen.

Weitere Wochen vergehen, im vierten Monat der Schubertschen Abwesenheit verbreitet seine Strohwitwe, die Brüche seien entschieden komplizierter, als man ursprünglich annahm. Splitterbrüche habe ihr armer Mann.

Das nenne ich Pech, sagt eine Nachbarin. Warum fahren Sie ihn denn nicht besuchen?

Nächste Woche bin ich weg.

Und in der Tat sieht man Frau Schubert für viele Wochen nicht. Sie hält sich in Tempelhof versteckt bei ihrer Schwägerin. Die Splitterbruchgeschichte hat den Vorteil, daß der Schieber nicht braungebrannt zurückkehren muß. Auf der Orthopädie scheint die Sonne nicht.

Die Damen trinken einen Likör, Wollin raschelt mit der Sonntagsausgabe. Carsten spielt vor dem Haus Ball. Er hat nicht Stephans Fußball gegriffen, sondern den roten mit den weißen Punkten, den lustigen Ball. Die großen Jungs aus der Werrastraße, bekannt für ihr loses Mundwerk, biegen in den Truseweg ein. Sie finden ihn nicht lustig, sondern lächerlich.

Da hast du aber einen schönen Mädchenball! Wie kommt's, daß du dazu kein rotes Kleidchen trägst mit weißen Punkten? Das würde ganz toll passen!

Winnie, sei nicht so gemein zu dem Kleinen. Die Nationalelf benutzt genau den gleichen Ball.

Carsten wird wütend: Ihr seid so frech, weil ihr wißt, daß mein großer Bruder nicht da ist.

Der würde euch die Fresse polieren!

So dürfen kleine Jungen aber nicht reden.

Die Burschen beginnen, Carsten zu schubsen; mal landet er bei dem einen, mal bei dem anderen, fällt dem dritten in die Arme. Sie sind nicht grob, wehtun wollen sie ihrem Opfer nicht. Als ein solches fühlt sich Carsten, ein hilfloses Opfer, das sich aus eigener Kraft nicht wehren, nicht befreien kann.

Er beginnt zu schreien: Opa, komm schnell, die großen Jungs wollen mich verhauen!

Wollin schaut in einem kragenlosen Hemd aus dem Fenster und sagt: Keine Angst, ich bin gleich unten. Könnt ihr langen Lulatsche den Kleinen nicht in Ruhe lassen?

Geht leider nicht, er hat uns beleidigt.

Carsten, gib mir eine Minute! sagt Wollin.

Ich glaube nicht, daß Sie in Ihrem Alter noch so schnell sind, höhnt einer der Halbstarken.

Weil Carsten sie angeschwärzt hat, wird er wieder geschubst, diesmal heftiger. Er fällt hin und schlägt sich die Knie auf. Sie bluten und brennen. Die großen Jungs suchen das Weite. Seit Großvaters Ankündigung herunterzukommen sind fast zehn Minuten vergangen, weil der sich erst ankleiden muß: Kragen und Manschetten werden an das Hemd geknöpft, eine Stoffhose übergezogen. Um Zeit zu sparen, verzichtet er auf das Binden einer Krawatte.

Als er auf die Straße tritt, hockt sein Enkel schluchzend auf den Stufen.

Wo warst du, Opa? Wo warst du denn? Warum hast du mir nicht beigestanden? Warum hast du dich erst anziehen müssen? Papa hätte die Jungs in Unterhosen vertrieben, nackend hätte er sie verprügelt! Du willst immer fein sein, Opa, aber dabei bist du nur gemein!

Wollin will seinen Enkel in den Arm nehmen, aber der schreit: Laß mich! Du darfst das nicht! Du nicht!

Wollin weicht alle Farbe aus dem Gesicht, Schweiß steht auf seiner Stirn, und seine Hände zittern. Er ist so bestürzt über sich, daß ihm fast übel wird. Er setzt sich zu seinem Enkel, der von ihm wegrückt.

Ich Narr, ich alter Narr! denkt Wollin zerknirscht. Für wen habe ich mich eigentlich umgezogen? Für Halbstarke in knallengen Bluejeans? Wie habe ich auch nur eine Sekunde an mein Aussehen denken können und nicht an den Kleinen? Der hat meine Hilfe gebraucht! Und was mach ich? Ich nehme mir Zeit für Kragen und Manschetten! Ich könnte mich ohrfeigen. Meine verfluchte Eitelkeit, Georg findet sie zu Recht lächerlich. Ich dummer, alter Narr!

Wollen wir ins »Kranzler«, fragt Wollin, ohne seinem Enkel ins Gesicht zu blicken.

Der sagt: Nein! Das mag ich nicht.

Wollen wir uns den alten Atlas anschauen oder ein paar Fotoalben? Zu jedem Bild erzähle ich dir eine Geschichte.

Nein! Ich mag deine Geschichten nicht.

Ich könnte dir Schach beibringen, das willst du doch immer.

Nein! Schach mag ich erst recht nicht.

Wie wär's mit einem leckeren Eis.

Schmeckt mir nicht.

Das nennt man wohl: auf Granit beißen, denkt Wollin entmutigt. Doch dann kommt ihm die wunderbare Idee, Carsten zu einer Taxifahrt einzuladen, den ganzen Kanal entlang und wieder zurück. Oft ist der Junge noch nicht Taxi gefahren, aber jeden Kilometer hat er genossen. An den Ampeln schaut er hochnäsig auf die Fußgänger. Jeder soll ihn sehen und ausrufen: Man glaubt es nicht! Jetzt nehmen sich schon die Kinder Droschken!

Wie wär's, fragt Wollin, wenn wir eine Taxifahrt machen.

Für eine Sekunde erhascht er den Blick seines Enkels. Der freut sich, versteckt aber seine Freude im Bauch, vom Gesicht soll Opa sie noch nicht ablesen.

Carsten schaut, wenn auch finster, seinen Großvater an: Ach, einmal kurz um die Ecke ist langweilig.

Nein, nein, ich meine eine schöne lange Fahrt am Kanal entlang.

Carsten wird schwach: Ich weiß nicht.

Man könnte auf dem Rückweg …

Bus oder Taxi?

Man könnte am Flughafen aussteigen, aus dem Taxi, und im Restaurant eine Kleinigkeit verzehren. Klingt das gut?

Klingt nicht schlecht.

Alles wieder gut, Kleiner?

Nein! Das kann dauern.

Wollin ahnt, daß er nunmehr erpreßbar ist: sein gewiefter Enkel hat ihn in der Hand.

Er lädt ein zur teuersten Taxifahrt seines Lebens.

Oma erzählen wir, daß wir mit dem Vierer zum Flughafen gefahren sind, sagt Wollin. Die läßt mich sonst wegen krankhafter Verschwendungssucht entmündigen.

Darf man dann nicht mehr den Mund aufmachen?

Nein, aber Geschäfte darf man nicht mehr tätigen, und an die eigenen Konten kommt man nicht mehr ran.

Carsten wird das zu verhindern wissen. Er ist sehr froh über die Tatsache, daß sein Großvater an sein Geld herankommt. Keine Konten, kein »Kranzler«!

Eigentlich wollte sich Carsten in dieser schlaflosen Nacht an die Taxifahrt und den Flughafen nicht erinnern. Daß sein Großvater ihm nicht sofort geholfen hat, daran wollte er denken. An das Gemeine, nicht das Schöne! Aber beides gehört zusammen, sagt sich der Junge und seufzt laut, weil ihm das Herz so schwer ist. Er hat seinen Großvater sehr lieb, da kann man nichts machen.

Stephan wird wach: Kannst du nicht schlafen, Kleiner?

Ich muß an Opa denken, und das macht mich ganz traurig. Und dann sagt Carsten: Mir ist furchtbar kalt. Das sagt er ganz selten, nur im Notfall sozusagen, denn eigentlich heißt es: Darf ich zu dir ins Bett kommen?

Stephan schlägt lächelnd seine Bettdecke zurück: Spring rein, du Clown! Aber mach dich nicht so breit!

In einem Bett liegen die Scholze-Jungen, und beide finden ihren Traum.

Diesmal zerstreut sich die Familie in alle Himmelsrichtungen, stellt Rieke fest: Stephan will mit Günni und Ralf Dallmann in den großen Ferien durch Westdeutschland touren. Bis Helmstedt per Bahn, dann weiter auf den Rädern. Günni ist für die Logistik verantwortlich, man darf also davon ausgehen, daß es dem Trio an nichts mangeln wird. Auf einer seiner Listen stand sogar »Pariser – Anzahl nach Absprache!«.

Wieviel braucht man denn so? fragt Ralf.

Nun, sagt Stephan, wir sind fünf Wochen unterwegs; das macht fünfunddreißig Tage. Nehmen wir einmal an, wir landen nur jeden fünften Tag einen Treffer, dann bedeutet das: sieben Pariser pro Nase.

Nase ist gut, sagt Günni.

Ralf fühlt sich unter Druck gesetzt: Alle fünf Tage ein anderes Mädchen, das will ich nicht. Ich würde mich gern verlieben. Und dafür braucht man keine Kondome.

Lieber Ralf, sagt Günni, der übrigens auch befürchtet, daß Stephan etwas zu hoch gegriffen hat, wir brechen morgen früh zu einer Fahrradtour auf und nicht zu einer Brautwerbung. Obwohl du recht hast.

Stephan schlägt einen Kompromiß vor: Jeder steckt sich einen in die Hosentasche – für alle Fälle. Und bei Bedarf wird nachgekauft.

Ralf entspannt sich, Günni sagt: Machen wir uns bloß keinen Streß! Auch keinen Sexualstreß, Herr Scholze junior!

Ist ja gut, lenkt Stephan ein. Er wird drei Pariser dabei haben – mindestens.

Georg und Rieke werden in den Harz fahren, zu Major Messmer, dem ehemaligen Vorgesetzten des Hauptmanns Scholze. Dieser feine Mensch habe sich für seine Soldaten den Arsch aufgerissen, berichtet Scholze jedem, der es hören soll. Fünfzig wird er, und er möchte diesen Tag mit Georg und dessen Familie begehen. Auf drei Wochen hat er sie eingeladen, aber die Kinder beginnen halt ihrer eigenen Wege zu gehen. Carstens Weg führt in die Beletage. Dort wird er die nächsten Wochen wohnen, bei den Großeltern, die ihn maßlos verwöhnen werden, freut sich das Kind.

Major Messmer, nie wird er im Hause Scholze ohne Dienstgrad genannt, ist ein kinderfreundlicher, warmherziger Mann, seine Frau eine Frohnatur. Man kann sich bei ihnen wohlfühlen, aber – und davor fürchtet sich Carsten – ihm fehlt der rechte Arm, und er hat einen Schäferhund, der wie ein Wolf aussieht, übrigens ein gutmütiges Tier. Wenn über die Kriegsversehrung geredet wird, heißt es, Major Messmer habe seinen Arm vor Woronesch verloren. Als wäre so ein Arm ein Schlüsselbund oder ein Portemonnaie, denkt Carsten. Den haben ihm bestimmt die Russen abgehackt, um an seine Uhr heranzukommen.

Carsten darf also in Berlin bleiben. Groß ist seine Freude, denn einen schöneren Ferienort kann er sich nicht vorstellen.

Sei ehrlich, sagt Georg zu seiner Frau, du bist auch froh, daß wir Urlaub von den Jungs nehmen, stimmt's?

Eine Mutter, sagt Rieke pathetisch, nimmt niemals Urlaub von ihren Kindern.

Scholze räuspert sich, was als erstes Anzeichen für aufkommenden Ärger zu deuten ist.

Rieke lacht: Reingefallen, mein Held! Ich find's herrlich, mit dir einmal allein zu sein. Da hab ich endlich Zeit herauszufinden, ob du das überhaupt noch bist: ein Held! Und ich meine nicht auf dem Schlachtfeld!

Wie kommt es, fragt Georg, daß die weiblichen Mitglieder des Hauses Veltheim alle so lüstern sind? Liegt das an den schwülen masurischen Nächten?

Nein, sagt Rieke, das ist ein Gottesgeschenk.

Es ist schön bei den Großeltern, aber schon nach einer Woche beginnt Carsten seinen Bruder und die Eltern ganz doll zu vermissen. Es ist nicht übel im ersten Stock, und er wird natürlich nach Strich und Faden verwöhnt, aber halt nicht von Mama und Papa, sondern von Oma und Opa, und die sind uralt und ein bißchen komisch. Außer, daß die Großeltern sich ab und an streiten, passiert rein gar nichts. Es wird geruht und geschlafen und geschlafen und geruht; Großvater mag nicht mehr das Haus verlassen, er ist in den letzten Wochen sehr schwach geworden. Richtige Ausflüge, Dampferfahrten zum Beispiel, machen sie nicht, Max Wollin kann sich allenfalls zu ein paar Taxifahrten aufraffen.

Nee, schön ist es nicht, den ganzen Tag alleine Ball zu spielen unter Omas Aufsicht, die auf dem Balkon sitzt und darauf achtet, daß ihrem Enkel nichts passiert.

Gott, ist das langweilig hier. Noch nie hat sich Carsten gewünscht, daß der Sommer schnell vergehe. Er wollte immer, daß diese Zeit nie ende.

Max Wollins Zeit endet am letzten Tag der großen Ferien. Er stirbt in den Armen seiner Frau, seine Tochter hält ihm die Hand, und Fräulein Reeskow streichelt ihm die Füße. Einen letzten Blick wirft Max Wollin auf das Trio, und dieser Blick ist voller Traurigkeit, aber er ist auch verschmitzt. Es ist, als wollte er den Frauen signalisieren, daß er mit ihnen auf eine mitunter merkwürdige Art sehr glücklich gewesen ist.

Else Wollin behauptet, das letzte Wort ihres Mannes habe »Adieu« gelautet. Das mag stimmen oder auch nicht, auf jeden Fall tut es niemandem weh. Er hat nicht gesagt: »Adieu, Else!« Er hat nicht gesagt: »Adieu, Rieke!« Vor allem aber war kein »Adieu, Lottchen!« zu vernehmen. Darüber ist die Familie sehr froh, und bei der Beerdigung darf sie nach Else, Rieke und Georg dem Sarg in der zweiten Reihe folgen, eingerahmt von den Enkeln ihres Geliebten.

Hat man je ein Kind bitterlicher weinen sehen als Carsten am Grab seines Großvaters? Erst als sie den Friedhof verlassen, verebbt sein Schluchzen. Zur Kaffeetafel bittet Else Wollin in die Beletage. Auf dem Flur flüstert Georg seinem Sohn etwas ins Ohr, und Rieke sagt leise und geheimnisvoll: Komm mal mit ins Herrenzimmer!

Dort steht, an den Schreibtisch gelehnt, ein funkelnagelneues Fahrrad, kein Erwachsenenrad, aber auch kein Kinderrad, sondern eines, wie es Jungen haben. Ungläubig fragt Carsten: Ist das meins?, obwohl er genau weiß, daß dem so sein wird.

Darf ich damit auch fahren?

Der Vater sagt: Klar, du bist ja jetzt ein großer Junge.

Und Rieke sagt, wie es halt einer jeden Mutter Pflicht ist: Fahr bloß vorsichtig, mein Junge.

In den nächsten Wochen weint Carsten oft vor dem Einschlafen, wenn er an den Großvater denken muß, aber tagsüber freut er sich stundenlang darauf, mit dem Vater Ausflüge zu machen.

Bald fahren sie die Uferpromenade entlang, spielen Tour de France und radeln ins Columbiabad, obwohl der Weg dahin über verkehrsreiche Straßen führt.

Mein Opa ist tot, denkt Carsten, und mein Fahrrad hat die lauteste Klingel von Berlin. In zehn Jahren, spätestens, wird er das Berliner Sechstagerennen gewinnen, und zu seinen Ehren werden sie den Sportpalastwalzer spielen, ganz oft. Daran hegt der Junge keinen Zweifel.

Mario Wirz

Umarmungen
am Ende der Nacht

*Erzählungen*

*190 Seiten. Gebunden*
*ISBN 3-351-02872-5*

Der Nächste ist immer ein Fremder, und am allerfremdesten ist man manchmal sich selbst. In zehn Geschichten erzählt Mario Wirz von solchen Momenten der Fremdheit und des Erstaunens. Wie Puzzleteile fügen sich die Abgründe, vor denen seine Protagonisten stehen, und die Verletzlichkeiten, die sie fast umbringen, zum Bild einer Gesellschaft zwischen Betrug und Selbstbetrug, zwischen dem unstillbaren Bedürfnis nach Liebe und der Einsamkeit zu zweit.

Unerfüllte Sehnsüchte, das Trauma aus Kindertagen, falsche Gefühle und große Lebenslügen – jeder ist immer allein. So eint uns schließlich, was uns trennt: ein einsames Herz, das SOS sendet vom anderen Ende der Nacht.

Aufbau-Verlag